Un terrible malentendu

J'AI LU

Barbara Cartland est une romancière anglaise dont la réputation n'est plus à faire.

Ses romans variés et passionnants mêlent avec bonheur aventures et amour.

Vous retrouverez tous les titres disponibles dans le catalogue que vous remettra gratuitement votre libraire.

Barbara Cartland

Un terrible malentendu

Traduit de l'anglais
par Virginia Breuge

Éditions J'ai lu

Titre original :

THE TREE OF LOVE

NOTE DE L'AUTEUR

Aspley House, la demeure du duc de Wellington, appartenait à l'origine à son frère.

Après en avoir fait l'acquisition, le duc y engagea une grosse somme d'argent afin de la réaménager entièrement.

La maison se trouve à Londres. Elle est maintenant ouverte au public et est devenue le « musée Wellington ».

Le *Maidenhair* joue un rôle important dans ce livre. Il fut découvert en Angleterre en 1816. Ce n'est que plus tard qu'il fut appelé « ginkgo », son nom chinois.

Vieux de plus de 2 000 ans, cet arbre est aujourd'hui présent dans de nombreux pays. Ses feuilles permettent de fabriquer ce qui est désormais commercialisé en Grande-Bretagne sous le nom de « Ginkgo 40 », un incomparable fortifiant. S'il est pris chaque jour, il donne une formidable énergie. Il est vendu par correspondance et dans la plupart des boutiques de remise en forme et de bien-être. C'est un remède naturel. En ces temps de stress, il aide de nombreuses personnes, dont je fais partie, à se détendre.

1

1815

Shenda rentra son cheval dans l'écurie. Comme il n'y avait pas de palefrenier en vue, elle le brossa elle-même et le caressa affectueusement avant de rejoindre la cour pavée. Là non plus, il n'y avait aucun signe du valet d'écurie. Il devait se trouver à l'office, s'entretenant avec le cuisinier à propos des funérailles.

Elle marcha lentement, non pas vers la maison, mais du côté des rhododendrons qui donnaient sur le jardin. Ce dernier était ravissant en cette saison. La pelouse était bien verte, et les fleurs, encore en boutons, étaient sur le point d'éclore. On entendait le chant des oiseaux par-delà les grands arbres.

Mais tout cela ne suffisait pas à réconforter Shenda. Une page était tournée. Sa vie serait désormais bien différente, et elle devait renoncer définitivement à la maison dans laquelle elle avait grandi.

Tout s'était détérioré si vite depuis le début de la guerre ! Sa mère avait disparu peu de temps avant la fin de la bataille d'Espagne. La jeune fille s'était donc vue obligée de veiller sur son père, dont la santé était fragile. Qui aurait pu imaginer que lady Linbury partirait en premier ?

Cela s'était passé lors d'un hiver particulièrement froid. Malgré une pneumonie aiguë, elle avait refusé de garder le lit, préférant veiller sur son mari, comme elle en avait l'habitude. Ce n'était qu'à bout de forces, et à contrecœur, qu'elle avait consenti à prendre un peu de repos. Malheureusement, il avait été trop tard.

Les médecins avaient été impuissants. Ils avaient fait venir une garde-malade, mais à son arrivée, lady Linbury n'était déjà plus en vie.

Shenda avait eu beaucoup de mal à accepter cette disparition. Sa mère absente, on s'était tourné vers elle. Il lui revenait la tâche de diriger la maison. Cela ne concernait pas seulement Linbury House, mais aussi les terres que possédait sa famille depuis plusieurs générations. Les administrer représentait un travail considérable, car elles étaient dirigées d'une manière totalement dépassée. Il était impératif d'y faire souffler le vent neuf de la modernité.

Johnnie, le frère de Shenda, lui avait dit un jour :

— Je changerai tout cela quand je prendrai en main les affaires de la famille, mais en attendant, je préfère laisser maman agir comme elle le souhaite.

Il était alors militaire, et n'avait que de rares permissions pour rendre visite à ses parents. Ensuite, il était parti à l'étranger avec le premier régiment de l'armée du duc de Wellington. Après son débarquement au Portugal, il avait été presque impossible d'obtenir de ses nouvelles. Plus tard, il était parvenu à envoyer quelques lettres, mais elles arrivaient avec tant de retard, que lorsqu'ils les recevaient, ses parents ne pouvaient savoir où il se trouvait, ni s'il était encore en vie.

Shenda avait attendu plus de deux mois la réponse au message qu'elle lui avait fait parvenir pour l'informer de la mort de leur mère. Cette terrible révélation semblait l'avoir bouleversé.

« *Qu'allons-nous devenir sans elle ?* avait-il écrit. *Elle était l'âme de notre maison et de nos terres. Comment papa et toi allez-vous pouvoir gérer le domaine à présent qu'elle n'est plus là ?* »

La jeune fille s'était posé exactement la même question. Elle savait que sa mère était irremplaçable et que plus rien ne serait comme avant. Toutefois, elle était déterminée à faire de son mieux. Elle souhaitait que son frère, lorsqu'il reviendrait, fût satisfait de la manière dont les affaires étaient conduites.

Et puis il y avait eu la bataille de Waterloo et tout le pays avait été pris d'une sorte de frénésie. La victoire avait enflammé les cœurs, et excité la fibre patriotique.

Mais comme des milliers d'autres soldats britanniques, Johnnie n'en était jamais revenu.

C'était sans nul doute l'annonce de la mort de son fils qui avait tué le père de Shenda. La disparition de sa femme lui avait déjà porté un coup terrible. Il s'était refermé sur lui-même, et ne parlait plus que très rarement. La joie avait quitté son cœur. Shenda le savait fragile. Il n'avait donc pas pu résister à un second malheur et avait succombé au bout de quelques jours.

A présent, elle était seule au monde, sans personne pour la guider. Pourtant, elle devait prendre l'une des plus importantes décisions de sa vie. Devait-elle partir, comme le lui suggérait une lettre laissée par son père, ou bien rester, ce qui lui semblait tout de même plus raisonnable ?

Cent fois elle avait relu son message, les larmes aux yeux, ne sachant que penser. Elle avait tant de mal à y croire !

Elle n'était encore jamais sortie du comté de Hertford, et ne connaissait rien d'autre que sa maison et les environs. Bien qu'elle fût en âge de faire son entrée dans le monde, elle n'avait pas souhaité se rendre à Londres, l'année précédente. L'une de ses cousines, qui lui avait écrit après la mort de sa mère pour lui présenter ses condoléances, lui avait proposé, pour la même occasion, de venir séjourner quelque temps dans la capitale. Mais étant en deuil, Shenda n'aurait pu assister à aucun des bals importants de la saison. C'était pourquoi elle avait refusé cette invitation.

De toute manière, il lui fallait veiller sur son père et s'occuper de lui. En outre, elle ne prisait pas les règles de la haute société londonienne. Cet univers lui était totalement étranger.

Après ce refus, Shenda n'avait plus jamais eu de nouvelles de cette cousine. Leur relation s'était arrêtée là.

A présent, Shenda pleurait la disparition de son père. Il avait été enterré deux jours auparavant, et personne n'avait assisté aux funérailles, excepté leurs proches voisins, qui étaient en fait leurs seules fréquentations. Il s'agissait, pour la plupart, de personnes assez âgées dont les vies étaient calmes et paisibles. Leurs fils servaient tous dans l'armée d'occupation, en France, et leurs filles étaient mariées, ou si jeunes, qu'elles allaient encore à l'école. Shenda ne connaissait donc pratiquement personne de son âge.

Lord Linbury était pourtant un pair du

Royaume-Uni, mais depuis quelque temps, sa santé fragile lui interdisait de participer à la vie mondaine du comté, et durant les années de guerre, sa femme et lui s'étaient isolés.

Lorsque ses parents étaient plus jeunes, les choses étaient bien différentes. Au moment de leur mariage, la population était beaucoup plus importante dans cette région, et des personnalités de grand renom s'y arrêtaient. Le duc de Wellington, qui à l'époque avait reçu le titre de chevalier pour son action en Inde, avait l'habitude de séjourner à Hartfield, chez le comte et la comtesse de Salisbury.

Ceux-ci invitaient également souvent lord Linbury, qui était toujours heureux de retrouver le duc de Wellington. S'étant rencontrés en Inde, ils avaient sympathisé. Shenda n'était alors qu'une enfant et était tenue à l'écart de ces réceptions. Puis elle avait grandi, mais son père était tombé malade. Ensuite il y avait eu la guerre et, finalement, elle n'avait jamais été invitée aux bals que donnaient les Salisbury durant l'hiver.

Shenda ne connaissait le duc de Wellington que par les dires de ses parents. A présent, et d'une manière tout à fait subite, il allait prendre une place très importante dans sa vie.

Après le décès de son père, elle s'était rendue dans le bureau du défunt pour vérifier s'il ne restait pas des factures encore impayées. En ouvrant le tiroir de la table, elle avait eu la surprise de découvrir une grande enveloppe avec son nom écrit en lettres capitales. Elle l'avait regardé un long moment, surprise, puis elle avait reconnu l'écriture de son père et s'était enfin décidée à lire ce message qui, de toute évidence, lui était destiné.

A l'intérieur, elle avait en effet trouvé une lettre à son attention et une autre enveloppe, plus petite, destinée au duc de Wellington.

D'une main tremblante, elle avait déplié celle qui lui était adressée :

« *Ma chère et bien-aimée fille,*

Quand tu liras ces lignes, ce qui, je le pense, arrivera très bientôt, j'aurai rejoint ta mère et ton frère dans un autre monde. Depuis qu'ils nous ont quittés, je les ai souvent sentis près de moi. Je suis certain qu'ils m'attendent, et que de l'autre côté, je ne serai pas seul. L'unique chose qui me chagrine, c'est que personne ici-bas, ne pourra veiller sur toi. Cela a troublé mes nuits durant de longues semaines. Allongé sur mon lit, je ne parvenais pas à trouver le sommeil, me demandant sans cesse ce qu'il adviendrait de toi lorsque je ne serai plus là.

Voilà ce que j'ai finalement décidé : après la lecture de cette lettre, tu te rendras en France, et tu donneras au duc de Wellington celle qui lui est adressée. Je lui ai donné mon fils et j'ai incité tous les hommes valides, qui travaillaient sur mes terres, à rejoindre son armée. La seule chose qu'il me reste à présent, c'est toi. Je te confie donc à lui. Je ne pense pas qu'il puisse refuser de te prendre sous son aile.

Si Johnnie avait vécu, il aurait hérité de mon titre et de mes terres, et je sais que vous auriez été heureux l'un et l'autre. Une fois la guerre terminée, vous auriez pu vivre l'existence que votre mère et moi avions souhaité pour vous. Malheureusement, le destin en a décidé autrement : nous avons presque tout perdu dans cet effroyable conflit, et ton frère y a laissé sa vie. Cependant, maintenant que le duc a ramené la paix en Europe, je pense que tu es en droit de réclamer ta part sur cette victoire.

Que Dieu te garde, ma chérie, et te permette de suivre mes conseils. Je sais que ta mère et Johnnie les auraient approuvés. »

Shenda avait relu plusieurs fois ces quelques lignes. Cela lui avait paru invraisemblable.

Dans son enveloppe, elle avait également trouvé les coordonnées d'un guide vivant à Londres et qui pourrait l'emmener en France. Son père lui avait d'ailleurs aussi laissé une grosse somme d'argent pour ses dépenses.

A présent, au milieu du jardin, elle regardait les fleurs, qui lui étaient si familières, et les arbres sur lesquels elle avait grimpé avec Johnnie quand ils étaient enfants. Puis elle jeta un triste regard vers le lac où ils avaient appris à nager et à pêcher.

Comment allait-elle pouvoir quitter tout cela? Ce jardin, cette maison dans laquelle elle avait toujours vécu et où elle avait tous ses souvenirs?

Le titre de son père, faute d'héritier, s'était éteint avec lui. La maison et les terres devraient donc être vendues, car elle ne pourrait les administrer seule et n'aurait en outre pas assez de revenus pour les entretenir.

Comme son père l'avait mentionné dans sa lettre, la plupart des hommes qui travaillaient sur ses terres étaient partis à la guerre, et un grand nombre avaient péri ou étaient blessés. Peu en étaient revenus, et ils n'étaient en tout cas plus en état de cultiver la terre.

La maison elle-même était à l'abandon, faute de domestiques pour l'entretenir, et il était impensable pour Shenda de venir à bout des réparations. L'hiver précédent, la pluie s'était infiltrée dans les plafonds. Des tuiles étaient tombées du toit. Comme personne n'avait pu les remplacer, les dégâts risquaient de s'aggraver lors de la prochaine tempête.

Les derniers hivers avaient été rudes et très froids. Non contents d'avoir tué sa mère, ils avaient aussi détruit une partie de la maison désormais inhabitable.

Shenda avait longtemps repoussé le moment de monter jusque dans les combles pour constater l'ampleur des dommages. Quand enfin elle s'y était résolue, elle n'avait pu supporter de voir les fenêtres délabrées et les planchers altérés par l'humidité. Qui allait pouvoir redonner à la bâtisse son allure d'antan, celle qu'elle avait connue lorsqu'elle était encore une toute petite fille ?

Et dire qu'elle allait devoir partir, quitter tout cela ! Tout son être se rebellait à l'idée de se rendre à l'étranger, loin de l'Angleterre, la patrie de son enfance, où chaque chose lui était si familière.

Cependant, son père avait dû penser que ce serait pour elle une aventure bénéfique. « Les voyages, disait-il, sont une merveilleuse école de la vie ! » Etant jeune, il avait passé beaucoup de temps à explorer le monde. Il avait visité d'étranges pays dont on ne parlait que rarement dans les livres d'histoire.

Quand elle était petite, Shenda se souvenait avoir écouté son père pendant de longues heures. Il lui racontait avec passion ses nombreux périples. Il avait escaladé des montagnes en Inde, avait été parmi les premiers visiteurs blancs du Népal, et avait foulé le sable de déserts africains jusque-là inconnus.

Plus tard, il avait appris à Shenda à suivre du

doigt, sur une carte, les itinéraires qu'il avait empruntés. La petite fille l'écoutait avec un grand intérêt et une curiosité toujours en éveil.

« Si papa pouvait m'accompagner à présent, songea-t-elle, ce voyage m'enchanterait. Mais je dois partir seule, et je suis pleine d'appréhension ! »

Elle avait peur de ce qui pouvait lui arriver. Que lui réserverait donc cette aventure ? Et pour quelles raisons le duc de Wellington lui accorderait-il sa protection ? Il avait sans doute assez à faire ! Après la victoire, il lui fallait organiser l'armée d'occupation, et entamer des pourparlers avec les vaincus. Il n'aurait sûrement pas de temps à lui accorder !

Puis elle se souvint d'une phrase de son père : « L'amitié est l'une des choses qui comptent le plus au monde. Même si une rencontre n'est que de courte durée, le sentiment qui unit quelquefois deux hommes reste pour toujours gravé dans leur cœur. On n'oublie jamais un ami ! »

Elle savait qu'en prononçant ces mots, son père pensait au duc de Wellington, avec qui il s'était lié d'amitié lors d'un voyage en Inde.

Le duc était ensuite devenu le chef de l'armée, un diplomate de premier ordre, et pour bon nombre de ravissantes dames, un amant exceptionnel. Lord Linbury n'avait alors plus eu beaucoup l'occasion de le rencontrer, mais il en gardait un souvenir impérissable.

Comme beaucoup d'autres, Shenda admirait le duc de Wellington pour ses actes de bravoure. Il était l'un des plus grands soldats de son temps, et elle aurait été ravie de le rencontrer, mais dans d'autres circonstances. Elle n'avait pas envie d'être un poids pour lui, une obligation malheureuse.

« S'il a un peu de bon sens, se dit-elle, il refusera de s'occuper de moi. Je ferais mieux d'oublier les conseils de papa, de prendre l'argent qu'il m'a laissé, et de trouver une petite maison et un travail. »

Mais elle s'aperçut bien vite que cette idée était idiote. En outre, sa mère aurait été choquée à l'idée qu'elle demeure sans chaperon. Il était inconvenant pour une jeune fille d'habiter seule.

— Bien ! Je suppose donc qu'il me faut partir ! soupira-t-elle.

Tout la retenait pourtant en ce lieu, et elle se tourna une nouvelle fois vers le jardin, vers ces plantes qu'elle avait tant aimées et qui lui rappelaient son enfance.

Elle fut submergée de souvenirs. Elle se remémora les pigeons blancs, aperçus un jour sur le lac, et qu'elle avait pris pour des cygnes. Et puis elle se tourna vers la fontaine dans laquelle elle aimait jouer lorsqu'elle était une petite fille.

Mais ce qui lui faisait le plus mal, c'était de devoir abandonner Samson, son cheval. Son père le lui avait offert pour son seizième anniversaire et depuis, elle l'avait monté chaque jour. Il était si habitué à elle qu'il la suivait partout où elle allait, si elle ne l'attachait pas.

Se séparer de lui allait être extrêmement douloureux, et comme elle ne pouvait se résoudre à le vendre, elle avait demandé à un voisin de le prendre en pension tant qu'elle serait absente.

— Avec plaisir ! avait répondu le fermier. Nous avons un petit-fils qui sera heureux de le monter. J'espère que grâce à Samson, il deviendra aussi bon cavalier que vous, mademoiselle Linbury.

Elle avait voulu le dédommager, mais il avait refusé obstinément l'argent qu'elle lui tendait.

— Je vous en prie, mademoiselle ! Nous confier votre étalon est déjà un merveilleux cadeau pour notre garçon. Gardez vos sous, ils vous seront bien utiles quand vous serez en France !

A présent, elle n'en finissait pas de dire au revoir aux fleurs du jardin, aux arbres, aux oiseaux et à leur chant si familier. Elle regarda une dernière fois le lac où elle avait fait ses premières brasses et dans lequel son frère l'avait poussée un jour, à la suite d'une dispute. Leur mère avait été très en colère et les avait grondés, mais leur père, lui, avait ri de cet incident.

— Les enfants grandissent, et ils doivent expérimenter le monde à leur manière ! avait-il dit. Et celui-ci a tellement changé, Elizabeth.

« Papa avait raison ! songeait à présent Shenda. Le monde a changé ! La guerre a tout bouleversé ! »

Elle entra dans la maison et prit l'escalier qui menait à sa chambre.

Il n'y avait plus de domestiques mais les femmes du village voisin lui apportaient régulièrement leur aide. L'une d'elles, Mme Smithson, venait chaque matin nettoyer l'office et préparer le déjeuner. Le soir, Shenda cuisinait elle-même son dîner. Mais quelquefois, par paresse ou par fatigue, elle y renonçait et se couchait le ventre vide.

A présent, Mme Smithson s'affairait dans la cuisine. Shenda eut une pensée émue pour cette charmante dame à qui elle allait bientôt devoir faire ses adieux. Son départ allait probablement occasionner quelques pleurs parmi tous ces gens qui la connaissaient depuis si longtemps et à qui elle allait cruellement manquer.

En attendant, il lui fallait préparer ses affaires et empaqueter ce dont elle aurait besoin. Elle décida de distribuer les vêtements qu'elle n'emporterait pas aux femmes du village. Elle l'avait déjà fait avec les robes de sa mère, n'ayant gardé pour elle que les plus belles. Elles étaient maintenant un peu dépassées, mais la mode en France était peut-être différente de ce qu'elle était en Grande-Bretagne. Ces tenues étaient après tout fort bien coupées et d'un goût très sûr. En plus des toilettes de sa mère, elle prit dans sa propre garde-robe des tenues plus simples, plus pratiques pour voyager. Bien sûr, celles-ci ne la mettaient pas particulièrement en valeur.

De toute manière, il était évident que le duc, qui était entouré des plus belles femmes d'Europe, la trouverait grotesque et peu attirante.

D'ailleurs, s'il était toujours si bien accompagné, l'arrivée inopinée de Shenda lui serait sûrement pénible. Cependant, la jeune fille ne pouvait pas se permettre de désobéir aux dernières volontés de son père.

Elle fit ses bagages en prévision de son départ et, deux jours plus tard, elle se décida enfin à prendre la route de Londres.

Elle songea tout d'abord à emprunter une voiture de louage, mais le fils d'un des fermiers du village voisin lui proposa de l'accompagner. Il se rendait justement dans la capitale et fut ravi de faire le voyage avec la jeune fille. Une simple charrette n'était pas le moyen le plus agréable pour faire ce trajet, et son père n'avait sûrement pas envisagé un tel moyen de transport. Mais il aurait été ridicule de voyager seule et de dépenser tant d'argent pour une simple question de confort. Shenda accepta donc l'offre du jeune homme et prit place à ses côtés, dans son véhicule de fortune.

Finalement, elle fut agréablement surprise. Les chevaux étaient plus fougueux et plus rapides que ceux que l'on trouvait habituellement dans les fermes.

Ils rejoignirent Londres en moins de trois heures, ce qui était un petit exploit, et le jeune homme la déposa avec ses bagages devant une agence où elle pourrait trouver le guide indiqué par son père. On le fit venir sans tarder.

Il s'agissait d'un homme âgé mais extrêmement cultivé. Il se souvenait très bien de lord Linbury et fut enchanté à l'idée d'accompagner sa fille en France.

— Je dois retrouver le duc de Wellington, expliqua Shenda. Mais je ne sais pas s'il est à Paris ou s'il se trouve avec l'armée d'occupation, à Cambrai.

Le guide sembla un temps désemparé, puis il dit :

— Je crois avoir un moyen de savoir où il se trouve, mademoiselle Linbury. L'un de nos hommes vient justement de rentrer de France. Il va pouvoir nous renseigner. Si vous me permettez d'aller lui parler, il ne fait aucun doute que nous connaîtrons avec précision les derniers déplacements du duc.

Après lui avoir indiqué un siège, il laissa Shenda seule dans le hall. Des hommes entrèrent dans la pièce sans lui prêter attention. Il s'agissait de voyageurs, pour la plupart, venant là pour réserver un guide ou prendre des informations sur les prix. Derrière le comptoir, un employé les renseignait poliment.

Enfin, le vieux guide revint :

— Je peux d'ores et déjà vous affirmer, mademoiselle, que le duc de Wellington se trouve actuellement dans sa résidence des Champs-Elysées, à Paris. Aussi, je ne vois aucune raison nous empêchant de rejoindre Douvres ce soir même. Nous embarquerons par le premier bateau en partance pour Ostende.

« L'aventure commence ! » songea Shenda avec un petit frisson.

Le parcours jusqu'à Douvres fut plus long que prévu. A leur arrivée, il était près de minuit. La route aurait eu besoin d'être réparée en plusieurs endroits. Mais le guide expliqua à Shenda qu'il y avait une pénurie d'ouvriers, la plupart d'entre eux étant partis rejoindre l'armée britannique en France et en Espagne.

Une fois dans la ville portuaire, le vieil homme trouva une auberge assez bon marché où ils purent se reposer. Le confort était assez sommaire, mais cela n'empêcha pas Shenda de dormir paisiblement.

Le lendemain, ils prirent le premier bateau pour traverser la Manche. Il était bondé. Néanmoins, Shenda parvint à trouver une place assise, et le voyage ne fut donc pas trop pénible. Une fois le navire à quai, elle fut tout de même soulagée de poser le pied sur le sol français.

Elle laissa le guide se démener pour trouver des places dans l'une des diligences en partance pour Paris. Il s'agissait de véhicules très rapides. Sauf imprévu, il ne leur fallait pas plus de douze heures pour rejoindre la capitale française.

Cependant, ils furent retardés à deux reprises. D'abord parce qu'une roue s'était malencontreusement brisée sur une pierre, puis quelques heures plus tard, parce qu'un cheval s'était mis à boiter.

Malgré les aléas du voyage, Shenda fut ravie de

découvrir les grands immeubles et les rues étroites de cette ville splendide, dont elle avait tant entendu parler.

Toujours accompagnée de son guide, la jeune fille prit un autre fiacre qui l'emmena aux Champs-Elysées. Elle fut parcourue d'un sentiment étrange quand ils passèrent sur la place de la Concorde. C'était là que le roi de France, Louis XVI, avait été guillotiné. Il avait, disait-on, fait preuve d'une grande bravoure au moment de monter sur l'échafaud. Mais cela n'avait pas empêché le bourreau de lui couper la tête. Cette pensée fit frissonner la jeune fille, et elle ne put apprécier la beauté de la place comme celle-ci le méritait. Puis le fiacre s'engagea sur une des avenues les plus impressionnantes du monde : les Champs-Elysées.

Shenda réalisa soudain avec angoisse qu'elle allait rencontrer le duc de Wellington en personne. Un instant elle souhaita que le fiacre fît demi-tour et la ramenât en Angleterre, où elle se sentirait sans doute plus à l'aise.

La voiture s'arrêta devant un beau portail en fer forgé qui donnait sur un jardin, au milieu duquel se dressait une imposante bâtisse.

— Nous sommes arrivés, mademoiselle Linbury ! annonça le guide.

— Je vous suis très reconnaissante de m'avoir si bien escortée durant ce voyage, le remercia Shenda.

Elle paya au guide le prix convenu pour son déplacement et lui donna en plus un gros pourboire. Le cocher attendit que l'on ouvre le portail pour entrer le fiacre à l'intérieur et s'avancer vers la maison.

Des valets apparurent sur le seuil.

Shenda descendit du fiacre tandis qu'un domestique s'occupait de ses bagages. Qu'allait-elle faire et où irait-elle si le duc refusait de l'accueillir ?

Le guide lui fit ses adieux. Elle le remercia chaleureusement une dernière fois. Il remonta dans la voiture qui reprit immédiatement sa route.

Elle se tourna vers le majordome qui attendait à ses côtés. Avec un léger accent anglais, elle lui dit dans un français parfait :

— Je suis venue pour voir le duc de Wellington. Pouvez-vous me conduire auprès de lui ?

— Certainement mademoiselle ! répondit le majordome. Si vous voulez bien me suivre...

Ils avancèrent dans un couloir jusqu'à un salon meublé de façon ravissante. Le majordome invita la jeune fille à s'y installer et referma la porte derrière elle.

Avait-elle bien fait de venir jusqu'ici ? N'était-ce pas une idée stupide ? Et si le duc refusait de la voir ? S'il ne se donnait même pas la peine de lire la lettre que lord Linbury avait rédigée pour lui ? Où devrait-elle aller et que pourrait-elle faire ?

Ces questions traversèrent son esprit aussi clairement que si quelqu'un les avait prononcées à haute voix.

Préoccupée, elle prit place dans un petit fauteuil pour se reposer.

C'est alors que la porte s'ouvrit. Un jeune homme en uniforme, visiblement un officier, entra dans la pièce. Il regarda Shenda avec surprise, et alors qu'il s'avançait vers elle, elle se leva et dit d'une voix tremblante :

— Je suis venue pour voir le duc de Wellington. Je... j'ai une lettre pour lui, une lettre de mon père, feu lord Linbury.

L'officier s'inclina.

— Monsieur le duc est occupé pour le moment,

l'informa-t-il. Mais je suis sûr qu'il sera enchanté de vous rencontrer dès que possible.

Shenda eut un soupir de soulagement.

— Arrivez-vous de Londres ? demanda l'officier.

— Oui, répondit-elle. Le voyage a été éprouvant, mais plus rapide que je ne l'imaginais.

— C'est la première fois que vous venez à Paris ?

— Oui. Mais j'ai lu et entendu tant de choses sur cette ville que j'ai l'impression de la connaître mieux que Londres.

Le jeune homme se mit à rire.

— Nous ressentons tous la même chose lorsque nous arrivons ici ! Quant à moi, il y a tellement longtemps que j'ai quitté la Grande-Bretagne, que je commence à oublier à quoi ressemblent nos terres et les gens que je connais là-bas.

Cette conversation eut pour effet de détendre Shenda, et de dissiper ses craintes.

Le jeune homme était sympathique. Il portait sur elle un regard particulier, auquel elle ne s'attendait pas, et qui la troubla quelque peu.

— Je n'ai que trop peu de nouvelles du pays depuis que je suis ici. Une fois que vous aurez vu le duc, j'espère que j'aurai la chance de pouvoir discuter avec vous de notre vieille Angleterre.

— Avec plaisir ! répondit Shenda. Je serai sans doute moins nerveuse après cette entrevue.

L'officier sourit.

— Tout le monde est anxieux avant de rencontrer le duc de Wellington, mais je vous assure qu'il n'a jamais mangé personne. C'est l'homme le plus charmant que vous puissiez rencontrer.

Il s'avança jusqu'à la porte.

— Je vais voir si le dernier visiteur est parti, dit-il. Ne vous faites pas de souci, je suis sûr que le duc sera enchanté de votre venue. Vous êtes anglaise, et quoi de plus agréable, lorsque l'on vit loin de chez soi, que de rencontrer quelqu'un qui parle votre langue et qui peut vous donner des nouvelles toutes fraîches de ce qui vous manque le plus ?

Shenda n'eut pas le temps de lui répondre : il était déjà parti.

Il était certainement le jeune homme le plus gentil et le plus délicat qu'elle pouvait espérer croiser en ce lieu.

« Il a compris que j'étais effrayée ! pensa-t-elle. Et il a su me rassurer. Je suis maintenant moins intimidée, à l'idée de voir le duc, que je ne l'étais en arrivant ici. »

2

L'invité du duc se leva :

— Je ne saurai jamais assez vous remercier pour votre aide, monsieur. Et pour votre intelligence. Vous êtes un homme exceptionnel. Je comprends pourquoi tous ceux qui vous ont rencontré disent tant de bien de vous.

Le duc sourit.

— Vraiment ? Je suis en tout cas heureux d'avoir pu vous rendre service, affirma-t-il.

Son visiteur, le nouvel ambassadeur d'un petit pays représenté à Paris, se dirigea vers la sortie, suivi de sa femme.

Celle-ci n'avait pratiquement pas dit un mot durant toute l'entrevue. Ce qui n'avait pas empêché le duc de remarquer combien elle était jolie. Du sang russe devait couler dans ses veines. Alors qu'il se penchait pour lui faire le baisemain, il sentit le souffle de la jeune femme s'accélérer.

Il sonna. Un officier ouvrit la porte, et le diplomate et sa femme sortirent. Quelques instants plus tard, celle-ci revint en courant.

— Oh! J'ai dû oublier mon sac! s'exclama-t-elle.

Il était effectivement resté sur un des fauteuils. Elle l'attrapa, lança un coup d'œil par-dessus son épaule, afin de s'assurer que ni son mari ni l'officier ne pouvaient la voir, puis elle s'approcha du duc en murmurant :

— Venez me voir demain à cinq heures. Je serai seule.

Le duc lui fit un petit clin d'œil. Elle se mit sur la pointe des pieds et déposa un baiser sur sa joue. Avant qu'il ait pu dire un mot, elle traversa la pièce en courant et disparut à l'extérieur.

Le duc ne put s'empêcher de sourire. Ce genre de choses lui arrivaient fréquemment. Pourtant, cela le surprenait toujours.

Cette jeune femme était si jolie qu'il ne pourrait en aucun cas manquer son rendez-vous du lendemain.

Il s'approcha de la fenêtre, et resta songeur quelques minutes. Son destin lui paraissait chaque jour plus incroyable. Quel chemin parcouru depuis sa jeunesse en Irlande où, lieutenant sans le sou, il n'avait pu épouser Kitty Longford. Le père de celle-ci s'y était en effet formellement opposé. Sans doute voulait-il pour sa fille un homme à l'avenir brillant, et Arthur Wellessley était somme toute à peine plus gradé qu'un simple soldat. Qui aurait pu prédire alors que son ascension serait aussi fulgurante ?

Il était devenu capitaine, puis major, et enfin

lieutenant-colonel. Malgré ce beau parcours, il n'était pas encore considéré comme quelqu'un d'assez important pour la famille de la jolie petite Irlandaise qu'il croyait aimer.

Et puis, tout avait changé lorsqu'il était parti pour l'Inde, à l'âge de vingt-sept ans.

Il se voyait encore aujourd'hui, debout sur le pont du *SS Rockinggham*, le cœur gros de n'avoir pu épouser sa promise.

Il avait reçu peu de lettres d'Irlande, et avait été presque une année sans nouvelles de sa fiancée.

Arthur était alors un très bel homme : le visage long et pâle, le nez aquilin, et les yeux d'un bleu profond. Son regard intense et plein de mystère rendait les femmes folles de lui. Très vite, il avait eu une réputation de séducteur. Il faisait des ravages parmi les épouses d'officiers qui restaient seules à Calcutta. Elles y menaient une vie mondaine intense, donnaient des soirées propices aux rencontres, et donc aux aventures amoureuses. Et elles ne manquaient pas de l'y inviter. Il aurait été difficile de ne pas succomber à leurs charmes.

Son frère Richard était arrivé en Inde en 1798 pour prendre le poste de gouverneur général.

Le succès d'Arthur n'avait alors cessé de croître. Désormais, les dames voyaient en lui non seulement un homme charmant, mais aussi une personnalité de premier plan.

Neuf ans plus tard, lorsqu'il était revenu en Grande-Bretagne, il était devenu un militaire important et respecté. Il était toujours célibataire, mais doté d'une expérience des femmes extraordinaire pour un homme de son âge.

La famille de Kitty avait alors repris contact avec lui. Le père de la jeune fille consentait enfin à lui donner sa main.

Le duc avait donc décidé de se rendre en Irlande en avril et de l'épouser.

C'était son frère Gerald, le prêtre de la famille, qui les avait mariés. La cérémonie avait eu lieu dans la résidence des Longford, le 16 avril 1806.

Les deux fiancés ne s'étaient pas revus depuis plusieurs années. Ils avaient vieilli, bien entendu, et s'étaient tous les deux beaucoup transformés. Le duc avait à présent trente-sept ans, et Kitty trente-quatre.

— Elle est devenue affreuse ! avait-il murmuré à son frère en la découvrant.

En outre, il réalisait que leur relation n'avait jamais été à la hauteur de celles qu'il avait connues en Inde.

Le duc se détourna de la fenêtre. Il préférait éviter de se remémorer le jour de ses noces. S'il avait eu un peu de bon sens, il n'aurait pas renoué avec la famille Longford qui l'avait éconduit pendant tant d'années, et il n'aurait jamais épousé Kitty.

Il sonna plus nerveusement que de coutume. Un officier ouvrit immédiatement la porte.

— Qui d'autre demande à me voir ? demanda le duc.

— Mlle Linbury, milord.

— Faites-la entrer ! ordonna le duc.

Ce nom ne lui était pas étranger, mais il se demanda où il avait bien pu l'entendre. En fait, il était sûr de ne pas avoir connu de femme nommée Linbury. Mais au moment où Shenda entra dans la pièce, sa remarquable mémoire perça le mystère. Et avant qu'elle ne l'ait rejoint, il s'exclama :

— Vous êtes de la famille de lord Linbury que j'ai rencontré en Inde, puis chez les Salisbury ?

Shenda sourit.

— Je suis sa fille, dit-elle.

— Eh bien, je suis ravi de vous connaître ! affirma le duc. Mais que faites-vous donc à Paris ?

Shenda lui tendit la lettre qu'elle tenait à la main.

— Mon... mon père est mort, expliqua-t-elle. Et... enfin, il a laissé cette lettre pour vous.

— Mort ! s'exclama le duc. Oh, je suis vraiment désolé, mademoiselle. Mais... que lui est-il arrivé ?

— Il n'allait plus très bien depuis quelque temps et...

Sa voix tremblait sous l'émotion, et elle ne put en dire davantage.

Le duc posa sur elle un regard attendri. Puis il alla s'asseoir à son bureau. D'un geste de la main, il lui indiqua un confortable fauteuil, face à lui.

Il commença alors à lire la lettre, et le souvenir de lord Linbury se fit soudain plus présent à son esprit.

C'était un homme qu'il avait beaucoup apprécié dans sa jeunesse.

Ils s'étaient connus en Inde et avaient eu l'occasion de se revoir quelquefois à Hartfield House, où le duc passait ses week-ends avant son mariage. Lady Salisbury ne manquait jamais de l'y inviter ; il se sentait vraiment bien dans cette maison. C'était tout à fait le style de demeures qu'il aurait souhaité posséder. Le hall majestueux, la grande bibliothèque, le lac dans le parc... tout cela lui plaisait.

Par la suite, il avait également été convié à plusieurs chasses au renard. C'était à l'une de ces occasions qu'il avait revu lord Linbury. Il avait pu discuter avec lui durant tout le dîner, et bien longtemps encore après que celui-ci fut terminé.

Le duc avait été très impressionné par les idées du vieil homme et ils étaient devenus amis. Le duc s'arrangeait d'ailleurs pour le revoir aussi souvent que possible lorsqu'il venait à Hartfield House.

A présent, et alors qu'il parcourait le message de lord Linbury, toutes ces images lui revenaient en mémoire.

Dans sa lettre, où il mentionnait la mort de son fils, tombé au champ d'honneur, il faisait également part de ses craintes à propos de l'avenir de sa fille.

Le duc se tourna vers Shenda :

— Je suis vraiment désolé d'apprendre le même jour la mort de votre père et celle de votre frère.

— Ils... ils étaient tous deux pleins d'admiration pour vous, murmura la jeune fille.

Le duc lui sourit.

— J'en suis très flatté.

Il fit une petite pause et ajouta d'un ton embarrassé :

— Mais... je me demande ce que je vais pouvoir faire de vous.

— Je sais que demander votre protection n'est pas facile, et j'ai beaucoup hésité à venir jusqu'ici, mais je ne voyais vraiment pas ce que je pouvais faire d'autre.

— N'avez-vous pas pensé aller chercher quelque réconfort auprès de votre famille ? demanda le duc.

— Cela peut paraître étrange, cependant, je crois que je n'en ai plus, répliqua Shenda. Peut-être me reste-t-il deux ou trois cousins. Mais je ne les ai pas vus depuis des années et je suis certaine qu'ils ne souhaitent pas m'accueillir chez eux, même s'ils en ont les moyens.

Le duc posa une nouvelle fois ses yeux sur la lettre.

— J'imagine, dit-il, que votre père ne vous a pas laissé une fortune considérable.

— Seulement la maison, qui tombe en ruine, les terres, qui n'ont pas été correctement entretenues ces dernières années, et mon cheval, que j'ai confié à un fermier avant de venir ici.

Le duc resta silencieux. Il avait dû faire face à d'énormes problèmes depuis qu'il était à Paris, mais jamais il n'aurait imaginé avoir ainsi du jour au lendemain la responsabilité d'une jeune fille. En outre au moment où il avait une liaison quelque peu scandaleuse avec la belle Guiseppina Grassini.

Guiseppina Grassini avait été la maîtresse de Napoléon lorsqu'il était encore au pouvoir. C'était une merveilleuse chanteuse classique. Elle parlait un mélange d'italien, de français et d'anglais, et son accent lui donnait un charme irrésistible. Elle était généralement vêtue de robes multicolores qui lui donnaient des allures de gitane.

Grâce à ses concerts, elle avait amassé en quelques années une fortune considérable.

Elle était impulsive, intelligente, et d'une extrême beauté.

Ils s'étaient rencontrés à l'occasion d'un banquet organisé par le duc en l'honneur de l'empereur de Russie. Guiseppina Grassini y avait chanté et le duc, ayant beaucoup apprécié sa performance, avait eu envie de la connaître davantage. Il n'avait alors pas tardé à être séduit et avait tout simplement décidé de la consacrer reine de la soirée. Elle avait ainsi été la première chanteuse professionnelle à être admise dans le monde.

Dès lors, il l'avait fréquentée assidûment, et de

toutes les liaisons qu'il avait eues, elle était sans doute celle dont il était le plus fier.

Lors des réceptions officielles qu'il donnait, elle avait toujours la place d'honneur, à son côté. Elle était servie en premier, et ne recevait pas moins d'attention qu'une princesse.

Evidemment, un grand nombre de ladies anglaises étaient choquées, mais le duc ne prêtait pas l'oreille à leurs commentaires désobligeants. Il n'entendait pas se faire dicter sa conduite par qui que ce soit.

Guiseppina était à présent sa maîtresse depuis plusieurs années. Il pressentait cependant que leur aventure tirait à sa fin.

Songeant à cela, il posa une nouvelle fois le regard sur Shenda.

Il lui était impossible d'accueillir cette innocente jeune fille alors que Guiseppina était sous son toit.

Que pouvait-il donc faire ?

La seule personne à qui il pouvait demander de l'aide était Madame de Staël. Il était depuis longtemps un admirateur de cette brillante femme de lettres. Il la voyait pratiquement chaque jour. Son esprit et sa sagesse en faisaient un être exquis. Elle recevait chez elle les plus grands intellectuels de Paris. Sa demeure était donc un endroit hautement recommandable. Cependant, il était à peu prêt certain qu'elle ne souhaiterait pas s'embarrasser d'une demoiselle.

Quelle était donc la solution à ce problème ?

Il réalisa soudain que Shenda le considérait avec un regard inquiet.

— C'est une situation difficile pour vous, dit-il. Et... elle l'est aussi pour moi.

— J'étais sûre que vous diriez cela, murmura

Shenda. Mais… si vous ne pouvez pas me garder avec vous, peut-être connaissez-vous un endroit respectable où je pourrais m'installer et trouver du travail ?

Le duc sourit.

— Et… que pensez-vous être capable de faire ? Savez-vous jouer la comédie ?

Shenda eut un geste désespéré de la main.

— Malheureusement, je ne pense avoir de talent spécial ni pour chanter, ni pour danser, ni pour aucune de ces choses qui rapportent beaucoup d'argent. Par contre, je sais m'occuper d'une maison et prendre soin des malades, comme je l'ai fait avec mes parents durant ces derniers mois.

Paris était un endroit rêvé pour les artistes. Les plus talentueux s'y retrouvaient. Le public y était de qualité et il y passait nombre de personnalités du monde entier dont le jugement était primordial pour leur carrière.

Cependant, Shenda n'était visiblement pas une artiste, et il fallait trouver pour elle une solution. Le duc songea à tous les gens qu'il connaissait, susceptibles de donner du travail à la jeune fille.

Il devait toujours faire face à des difficultés insurmontables, mais il n'avait pas l'habitude de ce type de problèmes. Et malgré la bienveillance et la gentillesse des dames qu'il connaissait, elles ne seraient pas en mesure de recevoir cette très jolie jeune fille venue d'Angleterre.

Or, si elle s'installait chez lui, cela ruinerait inévitablement sa réputation.

Shenda comprenait son embarras.

— Peut-être puis-je trouver une maison à louer dans un endroit calme en attendant que vous trouviez une solution ?

Le duc posa le regard sur elle : avec son beau

visage angélique et sa peau fraîche et lumineuse, il était évident que de nombreux jeunes Français la poursuivraient de leurs assiduités et l'effraieraient inévitablement.

Remarquant la gêne de la jeune fille, le duc fit de son mieux pour la rassurer :

— Je pense qu'il ne sera pas trop difficile de trouver un endroit où vous pourrez vivre, et où vous aurez une activité intéressante. En effet, vous feriez une excellente infirmière.

Il fit une pause et, toujours pensif, il reprit :

— Paris est en ce moment plein de gens de divers pays d'Europe qui ont été blessés par l'armée de Napoléon. Parmi eux, il se trouve, j'en suis sûr, des personnes très recommandables, chez qui vous pourriez sans doute prendre pension. Je vous promets de faire mon possible pour vous trouver une maison convenable.

— Je suis très touchée de votre gentillesse, répondit Shenda. Mais je ne voudrais pas vous créer le moindre souci.

— Ne vous inquiétez pas, dit le duc. Mais avant tout, vous devez être épuisée, et je suis sûr que vous souhaiteriez boire et manger quelque chose.

— Oh, je ne voudrais surtout pas vous déranger !

— Au contraire ! Pendant ce temps, j'aurai tout le loisir de penser à ce que je peux faire de vous.

Il fit tinter sa clochette, et l'officier apparut :

— Faites servir dans le petit salon une tasse de thé et une assiette de gâteaux, pour Mlle Linbury.

L'officier s'inclina.

— Je m'en occupe immédiatement, milord, dit-il en sortant de la pièce.

Le duc se tourna à nouveau vers Shenda.

— Parlez-moi un peu de vous, la pria-t-il. Et

expliquez-moi pourquoi tout va si mal dans le comté de votre père ?

— Les choses ont commencé à se dégrader après la mort de maman. Cet événement tragique a tant bouleversé papa que sa maladie s'est aggravée. Il n'avait donc plus la force, ni physique, ni morale, d'affronter le surcroît de difficultés qu'occasionnait la guerre.

Le duc soupira :

— La guerre ! Que de malheur aura-t-elle produit ! Au moins suis-je maintenant déterminé à établir une paix durable. C'est dans ce but que j'ai immédiatement mis en place, comme vous le savez certainement, une armée d'occupation.

— J'ai en effet lu cela dans les journaux, répondit Shenda.

— Mais il est difficile d'occuper tous ces hommes, quand il n'y a plus de bataille à livrer. C'est pourquoi je dois partir très souvent les rejoindre à Cambrai. Vous comprendrez donc pourquoi je ne vous propose pas de vous héberger ici : il ne serait pas convenable pour vous de rester seule dans cette maison durant mes absences.

En réalité, le duc redoutait que Shenda ne rencontre Mme Grassini. Même si la chose était imminente, il n'avait pas encore rompu.

La chanteuse avait sans doute remarqué que, depuis quelque temps, il regardait les autres femmes avec beaucoup d'intérêt. Il était moins amoureux.

S'il n'avait pas encore mis un terme à leur liaison, c'était tout simplement parce qu'il n'aimait pas rompre. Il ne supportait pas de voir une de ses aventures amoureuses prendre fin, et devoir briser le cœur d'une femme le peinait beaucoup.

Son souci était d'éviter toute cruauté.

Il restait d'ailleurs très ami avec un grand nombre de ses maîtresses. Il lui aurait été impossible, par exemple, d'oublier lady Georgiana Lennox, rencontrée en 1806, à son retour des Indes. Il lui écrivait chaque semaine. Elle était très amoureuse de lui, et pourtant, elle ne lui reprochait jamais ses autres liaisons.

Elle venait quelquefois le rejoindre à Paris où ils passaient ensemble des moments très agréables.

Elle était tellement éprise du duc qu'elle repoussait les avances de tous les autres hommes et avait renoncé à se marier.

Il était évident que le duc avait une vie dissolue, et qu'il n'était pas prêt à y renoncer. Pourtant, il devait aider Shenda. Or, comment pouvait-il veiller sur cette jeune fille sans pour autant négliger des femmes comme Georgiana?

Le duc avait en permanence une loge privée réservée dans quatre des théâtres parisiens les plus en vue. Ce soir, il devait apparaître dans l'un d'entre eux, et il se demanda s'il devait y emmener Shenda. Finalement il renonça à cette idée. Tout le monde allait imaginer qu'elle était sa maîtresse. Cela attiserait la jalousie d'un bon nombre d'autres femmes et serait préjudiciable à la jeune fille.

Qu'allait-il pouvoir en faire? Cette situation lui semblait inextricable. Il essayait d'envisager toutes les possibilités.

Le gouvernement britannique avait fait construire une nouvelle ambassade près des Champs-Elysées. Shenda pourrait peut-être trouver refuge là-bas?

Non! C'était idiot! L'ambassade n'était pas tout à fait terminée et, de toute manière, il ne voyait pas qui pourrait l'y accompagner et lui servir de chaperon.

« C'est un problème insoluble ! » se dit-il avec colère.

Shenda le dévisageait avec un regard inquiet.

— Si je dois vous causer des tracas, dit-elle, je peux sans doute rentrer à la maison. Quelle sotte je suis ! J'ai laissé partir mon guide sans lui demander où je pourrais le trouver à Paris, en cas de besoin.

— Vous plaisantez ! s'exclama le duc. J'ai toujours eu un grand respect pour votre père. Il a souhaité que je veille sur vous, et je me ferai un devoir d'obéir à son vœu. En fait, ma seule préoccupation est de vous trouver quelque chose à faire.

— Peut-être y a-t-il un hôpital où je pourrais travailler ? Ainsi, je ne serais plus un poids pour vous.

Le duc la considéra quelques instants, puis soudain, il eut une idée.

Il pensa au marquis de Kenworth, un officier remarquable. Le duc l'avait bien connu à Londres, avant la guerre. Ils s'étaient souvent rencontrés à Hartfield House, chez les Salisbury.

Le marquis de Kenworth était un homme de trente-huit ans, particulièrement bien fait de sa personne. Il était grand, élancé, plein d'avenir, et attisait la convoitise de la plupart des mères ayant une fille en âge de convoler. Il était si joli garçon, que même les femmes mariées s'intéressaient à lui.

Le duc avait eu l'occasion de s'entretenir avec lui à plusieurs reprises. Ainsi avait-il appris que le marquis possédait de nombreuses terres à la campagne et une magnifique demeure, appartenant à sa famille depuis plusieurs générations.

Lorsque la guerre avait commencé, il venait

tout juste d'hériter de son titre, et plutôt que de rejoindre l'une des troupes d'élite, sur le front, il était devenu membre de l'armée de réserve, établie en Angleterre.

— Si jamais vous changiez d'avis, lui avait dit le duc, je vous accueillerais bien sûr les bras ouverts. Vous aurez toujours une place parmi nous. Et si vous avez le moindre problème, n'hésitez pas à me demander de l'aide.

— Je vous remercie ! avait répondu le marquis. Je saurai m'en souvenir.

Puis le duc était parti sur le front et n'y avait plus pensé.

Or, juste avant la bataille de Waterloo, alors qu'il manquait d'effectifs et que, dans le camp ennemi, Napoléon avait mis en place une armée gigantesque, le marquis s'était présenté devant lui. Cela se passait à Bruxelles. Au premier regard, le duc avait compris qu'il avait des soucis.

— Kenworth ! s'était-il exclamé en lui tendant la main. Je suis ravi de vous revoir !

Le marquis avait mis le doigt sur ses lèvres et avait fermé la porte derrière lui.

— Chut ! Je suis ici incognito, avait-il murmuré. Appelez-moi simplement Worth, ne mentionnez pas mon titre !

Le duc avait regardé avec surprise.

— Mais pourquoi ? Qu'est-il arrivé ?

— Je préfère ne pas en parler, avait répondu le marquis. Vous m'avez promis de m'aider en cas de problème. Aujourd'hui, je viens vous supplier de tenir cette promesse.

— Je la tiendrai, bien sûr ! avait répliqué le duc. Asseyez-vous et expliquez-moi ce qui vous arrive. Pourquoi êtes-vous ici incognito ?

— J'ai quitté l'Angleterre parce que j'y ai été

trahi! avait expliqué le jeune homme. Je souhaite à présent me battre à vos côtés. Mais je ne veux plus de ce titre de marquis, qui attire la convoitise, plutôt que les sentiments sincères. Désormais, je suis Ivan Worth, tout simplement!

Le duc était resté perplexe devant cette requête. Cependant, il avait l'habitude des propositions étranges et celle-ci ne l'était pas plus qu'une autre.

— Très bien! avait-il dit. Vous voulez donc aller au front...

— En effet. Mon ambition est de servir sous vos ordres et dans votre armée! avait répondu le marquis. Et, bien que je sois en réalité capitaine, je veux être intégré avec le grade de lieutenant.

— Si c'est votre souhait, je me plierai à cette exigence, bien que je la trouve plutôt étrange. N'avez-vous aucune explication à me donner?

— J'ai quitté l'Angleterre pour des raisons personnelles sur lesquelles je préfère ne pas m'attarder. Et mon seul désir est maintenant de rejoindre votre armée et de me battre de toutes mes forces contre Napoléon.

La déclamation du marquis avait été quelque peu théâtrale et le duc avait renoncé à en savoir davantage. Il était en fait trop occupé, à ce moment-là, pour penser à autre chose qu'à la bataille.

Conformément à ses souhaits, le marquis avait donc été envoyé sur le front, où il s'était comporté avec une bravoure exemplaire. Le lieutenant Ivan Worth s'était révélé un soldat de premier plan, prenant des initiatives dignes des meilleurs officiers. Il était notamment parvenu à repousser une attaque française en prenant le commandement de l'une des divisions les plus avancées. Les Français avaient dû battre en retraite en ayant perdu deux fois plus d'hommes que les Anglais. Le marquis savait remonter le moral de ses troupes. Grâce à lui, l'optimisme était de rigueur, ce qui lui avait permis de gagner des batailles contre un adversaire pourtant plus fort et surtout, mieux armé.

Il n'avait donc pas tardé à retrouver, au mérite, son grade de capitaine.

Cependant, la malchance avait voulu qu'à l'heure de la victoire, il fut blessé à l'épaule par une balle perdue. Il avait été évacué, sanguinolent, vers les lignes arrière.

Il avait ensuite été rapatrié à Paris, où le duc lui avait accordé un régime de faveur. Il l'avait installé faubourg Saint-Honoré, dans une confortable maison appartenant à un vicomte français, parti se réfugier dans le sud de la France.

Le faubourg Saint-Honoré était considéré comme l'un des quartiers les plus chic et les plus chers de la capitale française.

Le duc s'était arrangé pour que le capitaine Worth pût rester dans ce logement pendant toute sa convalescence. Des infirmières avaient été mises à sa disposition, ainsi que de nombreux domestiques. Malheureusement, l'état de santé du capitaine ne s'améliorait pas.

Les médecins étaient impuissants, et le patient dépérissait.

— La grande difficulté, avait expliqué le domestique anglais au duc, vient du fait que le capitaine a pris en grippe toutes les infirmières. Il les congédie les unes après les autres.

Le duc avait regardé le domestique avec surprise.

— Pour quelles raisons ? s'était-il étonné.

Le valet avait regardé à droite et à gauche afin

de s'assurer que personne ne pouvait l'entendre, puis il avait dit tout bas :

— Il se trouve que le capitaine s'accorde peu avec la gent féminine. Il a eu une expérience malheureuse avant de quitter Londres et...

Le duc avait froncé les sourcils.

— Avec une femme ? avait-il demandé.

L'homme avait acquiescé, un peu embarrassé.

— Il serait très fâché s'il savait que je vous raconte cela.

Il s'était arrêté un instant, avait vérifié une nouvelle fois les alentours, puis avait repris :

— Il s'agit d'une personne avec qui il espérait se marier... Mais ils se sont finalement disputés.

Le duc commençait maintenant à comprendre pourquoi le marquis avait abandonné l'Angleterre pour venir se battre en France.

— Et alors ? s'était-il impatienté.

Le domestique avait haussé les épaules.

— Comme vous pouvez l'imaginer, milord, il ne m'a pas mis dans la confidence. Cependant, je sais qu'il y a eu une terrible dispute entre lui et lady Helen Oswald, et immédiatement après, nous avons plié bagage pour venir vous rejoindre.

Le duc y voyait maintenant plus clair. En fait, le domestique n'avait fait que confirmer ses soupçons. Qui d'autre qu'une jolie dame pouvait en effet bouleverser à ce point la sensibilité d'un jeune homme ?

Le valet avait continué, prenant un air catastrophé.

— A présent, j'ai bien peur que le capitaine déteste toutes les femmes. Il ne supporte plus leur présence ! c'est pourquoi il a congédié les infirmières, dont il aurait pourtant grand besoin.

« La demeure du capitaine Worth ! Voilà une maison tout à fait respectable pour Shenda ! songeait à présent le duc. Et si elle devenait l'infirmière du marquis, elle n'aurait plus besoin de chaperon, tout simplement parce qu'il est trop malade pour penser aux choses de l'amour. Et de toute façon, comme il a une dent contre le sexe féminin, il ne lui fera aucun mal ! »

Le duc imaginait la peine qu'il avait dû ressentir pour tout quitter comme il l'avait fait. Finalement, il n'était pas étonnant qu'il rejette à présent toutes les femmes. La blessure laissée par lady Oswald ne se guérirait sûrement pas aussi rapidement que celle qu'il avait à présent à l'épaule.

Shenda était assise bien droite dans son fauteuil et posait sur le duc un regard inquiet.

Il lui sourit.

Elle lui sourit à son tour.

— Tout va pour le mieux ! dit-il. J'ai la solution à notre problème. J'espère que le travail que je vous ai trouvé vous plaira.

— De quoi s'agit-il ? demanda Shenda.

— De soigner un jeune homme, blessé à la guerre. Il vit dans une très belle maison du faubourg Saint-Honoré.

— Voulez-vous dire que je devrai lui donner des soins ?

— Tout à fait. Il a besoin d'une garde-malade. Ne m'avez-vous pas dit que vous vous occupiez de vos parents lorsqu'ils étaient souffrants ? Je suis sûr que vous saurez vous acquitter de cette tâche.

Shenda eut un soupir de soulagement.

— Merci, merci ! dit-elle. Je savais que vous sauriez m'aider. C'est un tel honneur pour moi, un tel privilège que de pouvoir être utile à quelqu'un qui s'est battu à Waterloo.

— Vous vous installerez à demeure. Vous verrez, c'est très confortable, et cela vous évitera de faire des déplacements inutiles.

— Encore une fois, merci ! répéta la jeune fille. Vous êtes l'homme le plus merveilleux du monde. Je comprends pourquoi tous les journaux ne tarissent pas d'éloges à votre sujet. Avez-vous ainsi des solutions à tous les ennuis ? Vous semblez être l'homme de toutes les situations.

Le duc sourit.

Il se souvint de ce que lui avait dit le tsar quand Napoléon avait fait sa réapparition en France :

— Il n'appartient qu'à vous de sauver le monde une nouvelle fois !

C'est donc ce qu'il avait essayé de faire, et par miracle, il avait vaincu à Waterloo.

Depuis, il avait la réputation de pouvoir résoudre toutes les difficultés. Une réputation qui, comme pouvait en juger Shenda, était méritée.

3

Le duc descendit les Champs-Elysées jusqu'à la place de la Concorde. Shenda était assise à côté de lui.

— Il me faut à présent vous donner quelques recommandations à propos de votre patient, commença-t-il.

Shenda se tourna vers lui et le regarda très attentivement.

— Je dois vous prévenir, continua lentement le

duc en choisissant avec précaution chacun de ses mots, que le capitaine Ivan Worth a été blessé par une dame avant son accident. Je veux parler d'une blessure morale. J'ai cru comprendre qu'il ne s'était pas très bien entendu avec ses précédentes infirmières. Il semble en vouloir à toutes les femmes. C'est pourquoi il ne sera peut-être pas très heureux de vous voir. Il a les nerfs à vif.

— Je suppose que cela est dû autant à son épaule meurtrie qu'à son cœur blessé, répondit Shenda.

— C'est ce que je pense aussi, répliqua le duc. J'espère que vous parviendrez toutefois à le persuader que sa véritable souffrance est due à une balle française, et non à une dame anglaise. Vous devrez lui faire comprendre que vous êtes inoffensive.

Shenda rit en entendant ces mots. Comment pouvait-on penser qu'elle pût être dangereuse ?

Puis, d'une voix soudain plus sérieuse, elle demanda :

— Est-il gravement atteint ?

— Il a été touché à l'épaule, et il a perdu beaucoup de sang. Et puis il s'est évanoui. Cela s'est passé sur le champ de bataille. Il s'est réveillé alors qu'on le transportait à l'hôpital militaire et il a longtemps souffert avant de recevoir les premiers soins.

Il y eut un court silence, puis le duc reprit :

— Le capitaine Worth est un homme excessivement courageux pour qui j'ai d'ores et déjà demandé la médaille miliaire. Nous lui devons en grande partie la victoire.

Shenda se redressa en inspirant profondément. Etre appelé au chevet d'un héros de Waterloo lui paraissait follement excitant. C'était pour elle un très grand honneur.

Elle regarda un instant les grands immeubles parisiens, puis se tourna de nouveau vers le duc :

— Cela a dû être terrible, pour vous, de perdre tant d'hommes au front.

— Je ne peux que prier, répondit-il, pour que nous n'ayons plus jamais à faire la guerre. C'est une chose tellement effroyable que nous devons mettre tout ce qui est en notre pouvoir pour l'éviter.

Shenda fut émue par le ton douloureux qui perçait dans la voix du duc.

— Mon père disait que si l'on vainquait Napoléon, alors il y aurait la paix pour au moins cinquante ans, dit-elle d'une voix réconfortante.

— Je suis sûr que votre père avait raison ! Mais, même si Bonaparte a été mis hors d'état de nuire, il nous faut cependant être vigilants afin d'éviter qu'un autre conflit dévaste une nouvelle fois l'Europe.

Ils arrivèrent bientôt dans le faubourg Saint-Honoré.

Les maisons y étaient très impressionnantes. C'était l'une des rues les plus réputées et les plus chères de Paris. Ils s'arrêtèrent devant un grand portail.

Un majordome ouvrit la porte et s'inclina devant le duc :

— J'ai bien peur, monsieur le duc, que le capitaine ne soit endormi.

— Je m'en doutais un peu, répliqua le duc, mais peu importe, c'est à Higgins que je veux parler.

Le majordome les introduisit dans une pièce luxueusement meublée. Shenda remarqua cependant qu'il n'y avait pas de fleurs dans les vases. De toute évidence, il manquait à cette demeure une touche féminine. Tout y était rangé sans goût, et de manière purement utilitaire.

Le duc s'avança près de la cheminée. Shenda était sur le point de lui poser quelques questions sur le rôle exact qu'elle aurait à tenir dans la maison, quand la porte s'ouvrit. Un homme entra. Au premier regard, elle reconnut en lui un Anglais.

— Bonjour, Higgins, fit le duc. Comment va notre patient ?

— Il a passé une mauvaise nuit, milord ! répondit le domestique. Il ne cessait de se retourner dans son lit. Il souffrait tant que j'ai dû lui donner un calmant.

— Je n'aime pas ce genre de substances, je vous l'ai déjà dit ! lui fit remarquer le duc. Evidemment, je déteste voir les gens souffrir, mais les drogues prescrites par les médecins pour les soulager, leur font en définitive plus de mal que de bien.

— Je suis entièrement d'accord avec vous, approuva Shenda. Ma mère était violemment contre toute forme de somnifères. Lorsqu'elle est tombée malade, elle a toujours refusé d'en prendre.

— Elle a sans doute eu raison. Si ces drogues parviennent ainsi à soulager les malades, elles ne les soignent malheureusement pas. C'est pourquoi j'ai conseillé à Higgins, qui veille admirablement bien sur son maître, de n'utiliser ce produit qu'en dernier recours.

— J'ai suivi vos instructions, milord, bredouilla Higgins. Mais après le passage des docteurs, la douleur à son épaule est devenue insupportable. Son bandage le serrait trop, et je n'ai pas osé le défaire. J'ai préféré lui administrer la préparation laissée par les médecins.

— Je sais que vous avez fait de votre mieux, Higgins. Maintenant, je vous présente Shenda. Dorénavant, cette jeune fille s'occupera du capitaine, et j'espère qu'elle saura guérir son épaule sans avoir besoin du secours de ces charlatans français.

A ces mots, Shenda comprit que le duc n'avait pas réellement confiance en la médecine de ce pays.

— Je vous demande donc, reprit le duc à l'intention d'Higgins, de laisser Mlle Linbury se charger des soins du capitaine. Elle est la fille d'un de mes amis, et elle sera, j'en suis sûr, très compétente. Elle le sera de toute manière autant que les médecins !

— Je suis d'accord avec vous, milord. D'autant plus qu'il est difficile de se faire comprendre de ces messieurs : ils ne parlent pas un mot d'anglais ! Il me faudrait au moins un interprète.

— Je pense que Mlle Linbury pourra s'acquitter également de cette tâche, dit le duc en jetant vers Shenda un regard interrogateur.

— Je parle en effet couramment le français, répondit celle-ci, et je crois être capable de leur expliquer les dangers des calmants. Je saurai veiller à ce que l'on n'en prescrive plus un seul à notre patient.

Le duc eut un soupir de soulagement.

— Bien, je vois que je peux laisser le capitaine entre vos mains. Je prendrai régulièrement de ses nouvelles. J'espère que, grâce à vous, son état s'améliorera rapidement. Pour l'heure, je vous confie à M. Higgins.

Il se tourna vers le domestique et ajouta :

— Les bagages de Mlle Linbury sont dans la voiture. Pouvez-vous les faire porter dans la meilleure chambre disponible ?

— Bien entendu, milord, répliqua Higgins.

Et il sortit de la pièce en fermant la porte derrière lui.

Shenda comprit que le duc avait trouvé un prétexte pour se débarrasser d'Higgins afin de rester seul avec elle et de pouvoir lui parler en privé.

— J'espère, dit-il, que vous ne trouverez pas ce travail trop difficile. Vous êtes très jeune et il va falloir vous imposer face aux médecins, et faire entendre votre voix.

— Rassurez-vous, il n'y aura aucun problème. Je suis certaine qu'ils m'accepteront, répondit Shenda. La seule chose qui m'effraie, c'est de vous décevoir, vous !

— J'ai le sentiment que cela n'arrivera pas. Mais si vous avez la moindre difficulté, si votre patient se montre capricieux, n'hésitez pas à m'en faire part. Vous savez où me trouver...

— Merci pour tout, murmura Shenda. J'essaierai d'être digne de la confiance que vous m'accordez. Je ferai de mon mieux pour soigner cet homme le plus rapidement possible.

— Vous avez tout votre temps, dit le duc. Je serais évidemment ravi qu'il réintègre mon armée, mais je doute fort qu'il puisse jamais participer à une bataille.

— Un miracle peut arriver ! répondit Shenda. Ma mère a aidé un grand nombre de personnes à guérir, grâce à des remèdes simples et souvent plus efficaces que ceux fabriqués par les laboratoires médicaux.

Le duc sourit.

— Votre mère cultivait-elle des plantes médicinales ?

— Tout à fait ! répliqua Shenda.

— La mienne aussi, confia le duc. Elle considérait que c'était une nécessité pour bien se soigner. Mais les médecins français ne jurent que par les nouveaux médicaments synthétiques. Or, j'ai bien peur que ceux-ci ne soient pas fiables.

Il ne voulut pas en dire plus de peur d'effrayer la jeune fille. En la considérant d'un œil satisfait, il songea que la chance lui avait une nouvelle fois souri : il avait trouvé la bonne personne pour remettre le jeune Ivan sur pied dans les plus brefs délais. Il pourrait donc enfin lui remettre les décorations méritées pour ses exploits sur le champ de bataille.

Soudain, il jeta un coup d'œil à l'horloge.

— Je dois retourner chez moi à présent, dit-il. J'y suis attendu. Je donne un dîner en faveur d'une très jolie dame, ce soir, je ne peux donc me permettre d'être en retard.

A sa grande surprise, cela fit rire Shenda. Comme il la regardait d'un air interrogateur et quelque peu confus, elle s'empressa de le rassurer :

— Ne soyez pas gêné. J'ai tellement lu et entendu de choses à votre propos, que si vous m'aviez dit que vous passiez la soirée seul, je ne vous aurais probablement pas cru. Je sais bien que, lorsque vous n'êtes pas à la guerre, vous êtes un grand amateur de jolies femmes !

C'était le genre de remarques que le duc aurait attendu de Mme Grassini ou d'Harriette Wilson, mais certainement pas d'une innocente jeune fille comme Shenda.

— Je suis heureux de ne pas vous avoir cho-

qu'elle n'avait pas tout utilisé, la jeune fille le posa sur la table de toilette.

— Où puis-je trouver de quoi écrire ? demanda-t-elle après un long silence. Je souhaiterais faire la liste de tout ce dont j'ai besoin.

Higgins ouvrit une porte de communication au fond de la chambre. Elle donnait sur un boudoir qui, comme les autres pièces de la maison, était très joliment meublé. Cependant, Shenda nota une nouvelle fois qu'il manquait à la décoration une touche féminine.

Près d'une des fenêtres se trouvait un secrétaire. La jeune fille s'y assit et commença à écrire sa liste.

— Il y a sûrement un herboriste près d'ici, dit-elle. Et si vous n'en trouvez pas, allez donc dans n'importe quel magasin où l'on vend des fleurs et des plantes. S'ils n'ont pas tout ce que je demande, ils pourront au moins nous dépanner.

Elle fit une pause, puis ajouta :

— De toute manière, je compte sur vous pour insister auprès des commerçants afin qu'ils se procurent la totalité de la liste au plus tôt, c'est important !

Elle tendit la feuille à Higgins qui la regarda avec surprise. Puis, songeant qu'il ne lisait peut-être pas facilement, elle le fit à sa place :

— Marguerite, orme, solidage, amour-vrai, sceau de Salomon, tanaisie, millefeuille et *Maidenhair*.

— Je n'ai jamais entendu ces noms-là ! remarqua Higgins, perplexe.

— Ils sont pourtant tous recommandés pour les blessures par Nicholas Culpeper, répliqua Shenda, un célèbre astrologue physicien du XVIIe siècle.

— Lui non plus, je n'en ai jamais entendu parler ! ajouta Higgins.

— Il était très connu de son vivant, précisa Shenda. Et de nos jours, les gens le lisent encore. Ses recherches ont été condamnées par le corps médical de l'époque, et ses remèdes interdits. Ils ont pourtant prouvé depuis leur merveilleuse efficacité.

Elle fit une pause avant de continuer :

— Ces herbes ont des pouvoirs extraordinaires. Grâce à elles, j'ai vu ma mère soigner des enfants malades, et aussi des adultes pour qui les docteurs n'avaient été d'aucun secours.

— Pardonnez-moi d'être sceptique, mademoiselle, mais tout cela me paraît étrange.

— Je suis sûre que, dans une semaine, vous serez convaincu du pouvoir de ces plantes ! Vous voulez parier ?

— Oh non ! J'aurais trop peur de perdre, mademoiselle ! Vous vous y connaissez sûrement mieux que moi ! Mais je garde quand même quelques doutes.

— Attendez, et vous verrez ! insista Shenda. Quand votre maître se réveillera, sa blessure le fera déjà beaucoup moins souffrir.

— Si c'est vrai, alors je vous applaudirai ! promit Higgins. Mais la plupart des gens ne seront pas aussi faciles à convaincre.

Shenda eut un petit rire.

— Je veux bien le croire ! s'exclama-t-elle.

Elle fit une courte pause puis, d'un ton plus neutre, elle demanda :

— Pourriez-vous me montrer ma chambre, à présent ? J'espère qu'elle n'est pas trop éloignée de celle du capitaine, car je risque d'être appelée à lui faire des soins durant la nuit.

— C'était justement ce à quoi je pensais tout à l'heure, dit Higgins.

— Et qu'avez-vous décidé? demanda Shenda.

— Le mieux est que vous preniez l'autre chambre qui donne sur ce boudoir. Elle fait partie de la suite du maître de maison, mais puisqu'il n'y a pas de maîtresse pour le moment, vous pouvez vous y installer. Elle est très confortable, vous verrez.

— Je crois que je vais me laisser tenter par cette proposition, dit Shenda en souriant.

Higgins traversa la pièce et ouvrit la porte qui se trouvait au bout. La jeune fille découvrit alors, avec enchantement, une pièce ravissante.

C'était de toute évidence une chambre de femme, merveilleusement décorée par son ancienne propriétaire.

Au centre, le long du mur, se trouvait un beau lit à baldaquin recouvert d'un voile de mousseline pâle, assorti au rose des tapis et des rideaux. Au plafond, était peinte une représentation de Vénus et de Cupidon, entourés d'anges.

Shenda sourit. Cette chambre était faite pour l'amour: aucune femme ne pouvait y dormir sans se prendre elle-même pour Vénus.

— C'est magnifique! souffla-t-elle à l'intention d'Higgins. Mais êtes-vous sûr qu'à part moi personne ne doit venir y dormir?

— Ne vous tracassez pas pour cela! répliqua Higgins. Les propriétaires de cette maison ont quitté la région, effrayés par la guerre. Ils ne sont pas prêts de remettre les pieds ici! De toute manière, ils n'ont pas à le faire puisque le duc de Wellington leur a payé la location. Quant au capitaine, je ne pense pas qu'il songe à inviter une femme avant bien longtemps!

— C'est une très jolie chambre, dit Shenda. Je pense que j'y serai très heureuse, en particulier si je parviens à guérir le capitaine.

Après un petit moment d'hésitation, Higgins ajouta :

— Je vous le souhaite, mademoiselle, mais si je puis me permettre, il ne faut pas crier victoire trop tôt.

— Je le sais, répondit Shenda, mais ne gâchez pas mon bel optimisme.

Puis, après quelques secondes de silence, elle demanda :

— Pourriez-vous faire monter mes malles, s'il vous plaît ? J'aimerais les déballer avant que notre patient ne requière toute mon attention.

Higgins était sur le point de lui faire une confidence, à propos de son maître, mais elle l'arrêta immédiatement. Cela était inutile. Elle savait déjà que le capitaine avait été affecté par une blessure morale. Aussi, elle était anxieuse de la manière dont il allait l'accueillir. N'allait-il pas tout simplement la congédier dès son réveil ?

Plus tard, alors qu'elle était en train de dîner, Higgins entra dans la salle à manger. Elle comprit immédiatement qu'il voulait lui parler.

— Je dois vous prévenir, mademoiselle, que le capitaine s'est réveillé. Cependant, je pense que ce serait une erreur de vous rendre immédiatement à son chevet.

— Pourquoi ? demanda Shenda.

— Parce qu'il a la migraine, ce qui le rend de très mauvaise humeur.

Shenda était persuadée que cela était dû aux calmants. Ceux-ci avaient des effets secondaires extrêmement néfastes.

— Se plaint-il de sa blessure ? demanda-t-elle.

— Pas pour l'instant. Mais sa tête lui fait mal et le rend très désagréable. Aussi, je pense qu'il vaut mieux que vous restiez ici.

Higgins avait sans doute raison. Il valait mieux éviter d'apparaître pour la première fois devant le capitaine, alors qu'il était encore sous le coup des drogues.

— Très bien, Higgins ! dit-elle. Je ne me montrerai pas. Mais s'il a besoin de soins, cette nuit, n'hésitez pas à me réveiller. Je suis là pour ça !

— Je suis heureux que vous soyez si raisonnable, mademoiselle. D'autres que vous ont bravé mes conseils, et ça ne s'est jamais bien terminé.

Shenda lui sourit.

— J'ai terminé mon repas, dit-elle. Il était excellent. Je vais maintenant aller choisir un livre dans la bibliothèque, et puis j'irai me coucher.

Elle fit une pause, puis répéta d'un ton plus sérieux :

— N'oubliez surtout pas de me réveiller si le capitaine se sent mal.

— Promis ! répondit Higgins. Mais j'espère que ce ne sera pas nécessaire et qu'ainsi, nous passerons tous une bonne nuit.

Après avoir remercié le domestique, Shenda se leva et se dirigea vers la bibliothèque. Elle n'était pas très grande, mais contenait de nombreux livres, apparemment passionnants. Elle en choisit trois et monta dans sa chambre. En y entrant, elle fut une nouvelle fois subjuguée par la beauté du lieu.

Puis elle se souvint que la pièce communiquait avec le boudoir attenant à la chambre du capitaine.

Elle posa les livres sur la table de chevet, se rendit dans la pièce voisine, la traversa, et s'approcha de la porte, à l'autre bout. Là, elle tendit l'oreille. Elle entendit alors Higgins parler d'un ton bourru et d'une façon plutôt amusante. Le capitaine lui répondit d'une voix profonde. Il jurait, mais pas de façon violente. C'était une manière, semblait-il, d'apaiser ses maux, comme si chaque juron soulageait un peu sa douleur.

La jeune fille resta deux ou trois minutes, à écouter derrière la porte, puis elle retourna dans sa chambre, rassurée. Visiblement, le capitaine ne souffrait pas trop.

Higgins avait eu raison. Elle n'aurait été d'aucun secours au capitaine, ce soir, et ce n'était certes pas le moment de se présenter à lui.

Et s'il décidait de la mettre à la porte le lendemain, au moins aurait-elle passé une nuit dans cette chambre ravissante, tout droit sortie d'un conte de fées !

« J'espère que j'aurai la chance de pouvoir la décrire au duc ! » pensa-t-elle avant de s'endormir.

Lorsqu'elle se réveilla, le lendemain matin, Shenda ne savait plus où elle était, ni ce qui lui était arrivé. Les rayons du soleil transperçaient les rideaux, éclairant les anges peints au plafond d'une douce lumière. En les voyant, la jeune fille retrouva immédiatement la mémoire.

Elle s'assit sur le lit et jeta un coup d'œil sur la pendule à côté d'elle : il était neuf heures.

Elle avait pourtant demandé à être réveillée à huit heures ! Higgins avait dû juger que son patient n'avait pas besoin d'elle.

Elle sortit du lit, rabattit les couvertures et sonna.

La vieille femme de chambre entra dans la chambre.

— M. Higgins m'a chargée de vous dire, mademoiselle, dit-elle en français, que M. le capitaine a passé une excellente nuit. Il n'est donc pas nécessaire que vous lui rendiez visite trop tôt.

— Très bien ! répondit Shenda.

— Le petit déjeuner sera prêt dans quelques instants, ajouta la domestique.

En faisant sa toilette, Shenda se demanda si elle pouvait se permettre de commander un bain pour le soir.

Elle revêtit une blouse blanche, espérant ainsi paraître plus crédible comme infirmière, puis coiffa ses cheveux en un chignon très simple.

Elle sourit à son reflet dans le miroir, puis descendit manger. Il s'agissait d'un petit déjeuner français, avec des croissants frais et du café.

Elle venait à peine de finir sa tasse quand Higgins entra dans la pièce.

— Bonjour mademoiselle, lui dit-il. Avez-vous passé une bonne nuit ?

— Très bonne ! répondit la jeune fille. Mais je me sens un peu coupable de m'être levée si tard et de vous avoir laissé tout faire.

Higgins se mit à rire.

— Oh, je n'ai pas fait grand-chose, mademoiselle. Je n'ai même pas touché au pansement du capitaine depuis que vous avez recouvert sa blessure de miel. Je préfère dorénavant vous laisser lui prodiguer les soins. Votre main est plus sûre, et plus délicate.

— Vous avez tout à fait raison. Je pense d'ailleurs qu'il serait bien avisé de ma part d'aller me présenter à lui.

— Peut-être vaudrait-il mieux que je vienne

avec vous, proposa Higgins. Il n'est jamais de très bonne humeur le matin.

— C'est parce qu'il est assommé par les drogues que vous lui donnez! s'exclama Shenda. Mais si vous avez suivi mes conseils, si vous ne lui avez rien administré depuis que je l'ai vu, je suis sûre qu'aujourd'hui il n'aura plus aucun juron dans la bouche.

— Laissez-moi en douter! dit Higgins. J'ai même peur, qu'en vous voyant, il ne se déchaîne.

De toute évidence, le domestique craignait la réaction du capitaine. Allait-il être aussi rude avec Shenda qu'il l'avait été avec toutes les autres infirmières?

Tout en se levant de table, la jeune fille lui sourit.

— Je dois être courageuse et aller voir le malade à présent. J'espère qu'il ne sera pas aussi mauvais que vous le redoutez.

— Je suppose que vous devez me trouver un peu tatillon, mais je fais de mon mieux pour que vous restiez avec nous. Il serait dommage que le capitaine vous congédie avant d'avoir compris que vos soins sont bénéfiques et que ceux des docteurs ne le sont pas.

— C'est pourquoi je me dois de le guérir au plus vite. Je vais donc aller de ce pas à son chevet pendant que vous irez me chercher les herbes. Elles sont indispensables à son bon rétablissement. Je suis certaine, même si cela doit vous prendre un certain temps, que vous parviendrez à les trouver.

Elle crut qu'Higgins allait refuser de la laisser seule avec son maître. Il réfléchit un instant, puis finalement, acquiesça:

— D'accord, mais quoi qu'il vous dise, promettez-moi d'être là à mon retour.

— Je vous l'assure! répondit la jeune fille.

Elle monta les marches tandis qu'Higgins disparaissait dans le couloir menant à la cuisine.

Shenda arriva devant la chambre du capitaine. Elle inspira profondément et fit une courte prière. Puis elle ouvrit doucement la porte et entra.

Le capitaine Ivan Worth était assis dans son lit, le plateau contenant son petit déjeuner à ses côtés. Shenda traversa la pièce et s'approcha de lui. Ce dernier ne leva pas les yeux vers elle. Il devait probablement penser qu'il s'agissait d'Higgins.

Mais une fois qu'elle fut près du lit, il s'aperçut de sa méprise. Voyant la jeune fille pour la première fois, il ouvrit de grands yeux.

— Qui êtes-vous? demanda-t-il sèchement.

— Le duc de Wellington m'a amenée ici hier, répondit Shenda. Il m'a demandé de veiller sur vous et de guérir votre blessure.

— Il vous a demandé de veiller sur moi? répéta le capitaine, incrédule. Pourquoi aurait-il fait cela?

— J'ai été amenée à faire de nombreuses fois la garde-malade, en Angleterre. Ma mère m'a appris à soigner naturellement les blessures à l'aide de plantes. Le duc a dû penser que votre rétablissement serait plus rapide avec cette méthode.

— Et donc il vous a engagée! Mais diable, ne peut-il pas s'occuper de ses affaires? J'ai déjà congédié deux infirmières! Fallait-il qu'il m'en envoie une troisième?

Il avait parlé d'une voix rude et Shenda eut un petit sursaut.

Après une seconde d'hésitation, elle se lança :

— Je vous en prie, laissez-moi essayer de vous aider. Je peux vous guérir. Les soins que vous avez reçus jusqu'à présent n'ont fait qu'aggraver votre état.

— Je veux bien vous croire ! grogna le capitaine. Mais il est hors de question que j'accepte une femme dans cette maison ! Je vous prie donc de remercier le duc et de lui demander de ne plus se mêler de ce qui ne le regarde pas !

Il avait prononcé ces mots avec une telle détermination, qu'il semblait difficile de le faire revenir sur sa décision.

Shenda le considéra avec un air désespéré, et d'une voix suppliante, elle bredouilla :

— Oh, je vous en prie, ne me renvoyez pas ! Je ne saurais pas où me réfugier, je serais à la rue !

Le capitaine la regarda, interdit.

— J'imagine que vous pouvez retourner à l'hôpital d'où vous venez, dit-il.

— Je ne viens d'aucun hôpital ! répondit Shenda. Je viens d'Angleterre.

— Vous venez d'Angleterre pour me soigner ? Que me chantez-vous là ?

— Je suis venue voir le duc de Wellington, expliqua-t-elle, parce qu'il était un ami de mon père. Celui-ci étant décédé, je n'avais pas d'argent et nulle part où aller !

— Comment cela, « nulle part où aller » ? Vous devez bien avoir de la famille, des amis...

— Je n'ai plus personne, murmura-t-elle d'une voix triste. Mon frère est mort à Waterloo... les gens qui travaillaient sur nos terres sont tous partis à la guerre... si bien que plus rien n'est entretenu... même notre maison tombe en ruine.

Elle parlait d'une manière saccadée, les lèvres tremblantes, et les yeux remplis de larmes. Avec un douloureux effort, elle parvint à ajouter :

— Le duc ne savait pas vraiment quoi faire de

moi. Et comme je lui ai dit que je savais soigner les malades avec des plantes, il a pensé que je pourrais vous être utile. Je vous en conjure, laissez-moi essayer. Grâce à mes soins, je suis certaine que votre blessure ira de mieux en mieux, et vous verrez, vous finirez par guérir.

— Je ne vois pas comment vous pouvez en être si sûre! la coupa le capitaine. Ni pourquoi je dois recueillir les femmes dont le duc ne peut s'occuper!

— Ne le jugez pas mal! s'exclama Shenda. Il a été très bon avec moi, et il s'inquiète beaucoup de votre santé.

— Peut-être, mais il n'a pas à décider pour moi! rétorqua le capitaine. Et je vous le répète: je ne veux pas de femmes dans cette maison!

Shenda eut un petit hoquet, et des larmes coulèrent le long de ses joues.

— De toute manière, reprit le capitaine, mon épaule va beaucoup mieux aujourd'hui. Vous pouvez donc dire au duc que je n'ai besoin de personne!

— Votre blessure s'est améliorée depuis hier? demanda Shenda. Mais... savez-vous pourquoi?

Elle n'attendit pas sa réponse et continua:

— C'est parce que j'ai retiré le produit du médecin, et que j'ai massé la plaie avec du miel. Je savais que cela calmerait l'infection. Mais ce n'est qu'un premier pas. Il faut continuer dans cette voie.

Le capitaine lui lança un regard incrédule.

— De quoi parlez-vous?

— On vous a donné des calmants, hier, afin que vous puissiez dormir, expliqua Shenda. Je suis d'ailleurs tout à fait contre ce genre de produits. Vous étiez donc inconscient quand je suis arrivée.

Pendant votre sommeil, Higgins a défait votre pansement. J'ai alors constaté que votre épaule était dans un bien piteux état. En fait, l'infection était en grande partie due au produit que j'ai trouvé sur votre table de toilette.

Elle montra les pots du doigt avant de reprendre :

— J'ai donc envoyé immédiatement Higgins chercher du miel à la cuisine, et j'en ai étalé un peu sur toute la surface de la blessure. Je savais que cela vous soulagerait.

Le capitaine mit la main sur son bandage et constata qu'il n'était pas fait exactement comme d'habitude, qu'il était moins serré.

— Maintenant que j'y pense, dit-il, ma mère m'avait dit un jour que le miel avait des vertus curatives.

— Et elle avait raison. C'est un merveilleux produit.

Elle resta silencieuse un instant, puis ajouta :

— Oh, s'il vous plaît, laissez-moi tenter de vous guérir !

— Combien de fois faudra-t-il vous répéter que je ne veux pas de femmes ici ? trancha le capitaine.

— Mais pourquoi vous braquez-vous ? Je vous promets de m'en aller dès que vous n'aurez plus besoin de moi ! Ce ne sera pas long, vous savez ! Grâce au miel et aux plantes que j'ai commandées à Higgins, vous serez guéri en quelques semaines, sinon en quelques jours.

Il y eut un long silence.

— Je suppose que je dois vous croire, marmonna finalement le capitaine. J'accepte que vous m'aidiez, mais si vous me causez le moindre ennui, je vous renverrai sur-le-champ, c'est d'accord ?

— C'est d'accord ! répondit la jeune fille en souriant. Et je vous promets de disparaître de votre vie dès que possible.

Tout en parlant, elle constata qu'il fronçait les sourcils.

— Merci ! ajouta-t-elle rapidement. Merci de me laisser rester. Je n'avais réellement pas où aller, et ç'aurait été vraiment humiliant pour moi de devoir retourner auprès du duc.

Comme le capitaine ne lui répondit rien, elle continua :

— Je vais vous laisser, maintenant. Je reviendrai lorsque Higgins m'aura rapporté les herbes. Il m'aidera alors à soigner votre épaule.

Elle n'attendit pas de réponse et se précipita dans le boudoir. Elle était sauvée. Il s'en était vraiment fallu de peu pour qu'elle fût immédiatement congédiée. Elle en était encore toute tremblante.

Comment ce miracle avait-il pu se produire ? Le capitaine avait accepté sa présence, et aussi longtemps qu'il le faudrait !

— Merci ! murmura-t-elle en traversant sa chambre et en s'approchant de la fenêtre.

Alors qu'elle regardait la rue, elle pensa au duc. Comme lui à Waterloo, elle venait de gagner une bataille.

4

A peine Shenda fut-elle sortie de la chambre, qu'Ivan jura intérieurement. Pourquoi avait-il cédé ?

Il avait décidé de ne plus avoir aucun rapport avec les femmes, et voilà qu'il se laissait attendrir par une simple jeune fille envoyée par le duc !

Cependant, il lui fallait admettre qu'elle semblait plus compétente que les médecins. Depuis qu'elle avait massé sa blessure avec du miel, il se sentait beaucoup mieux. Seulement, le simple fait qu'elle fût une femme lui faisait inévitablement penser à Helen.

Il sentit ses doigts se crisper. Le souvenir d'Helen ne cessait de le meurtrir.

Depuis qu'il avait quitté les universités d'Eton et d'Oxford, il n'avait cessé d'être courtisé. Non seulement parce que son père était riche et doté d'un titre important, mais également parce qu'il était très bien fait de sa personne. Il représentait, pour les jeunes filles, l'homme idéal.

Consciente de son succès, sa mère l'avait mis en garde à plusieurs reprises :

— J'espère, mon chéri, que tu épouseras une femme qui t'aimera pour toi-même, et non parce que tu es ami avec le Prince de Galles. Je te souhaite un amour aussi pur que celui qui nous a unis, ton père et moi.

Ivan était en effet un proche du prince. Depuis qu'il était régent, celui-ci lui demandait souvent conseil et l'invitait à chaque réception qu'il donnait à Carlton House. Généralement, c'était Ivan qui choisissait les meubles et les tableaux ; le prince appréciait son goût très sûr. Il faisait appel à lui à chaque fois qu'il était à la recherche de nouveautés pour décorer sa maison. En fait, il achetait rarement une chose sans consulter Ivan.

— Nous avons les mêmes goûts, vous et moi! lui disait-il invariablement.

Ainsi, Ivan avait été le principal décorateur de Carlton House.

Cette confiance fut en partie ce qui le décida à ne pas rejoindre l'armée du duc de Wellington. Le prince avait besoin de lui en Angleterre, il ne pouvait donc pas partir pour l'étranger. Et puis de toute manière, son père étant tombé malade, il se devait de rester veiller sur lui.

Le vieux marquis avait alors près de soixante-dix ans. Les médecins imputaient le mal qui le rongeait à son âge. Cependant, son fils avait très vite compris que c'était plus sérieux que cela. Mais devant l'obstination du corps médical, il avait été impuissant. Le vieil homme avait dépéri rapidement, jusqu'à perdre conscience. Il était donc devenu tout à fait impossible pour Ivan de partir à l'étranger. Il avait dû y renoncer, non seulement pour rester au chevet de son père malade, mais également pour aider sa mère, que ce malheur frappait de plein fouet.

Il devait également gérer les terres familiales, et superviser les courses de chevaux.

Après la mort de son père, ses obligations n'avaient fait que s'accroître. Il lui fallait alors s'occuper de tous les membres de sa famille, les plus proches comme les plus éloignés. Il était désormais à la tête de la lignée Worth.

C'était à ce moment-là qu'Helen était entrée dans sa vie. Elle était soudain apparue dans la haute société londonienne, aussi lumineuse qu'une étoile.

Elle était sans aucun doute la plus jolie débutante jamais vue depuis de nombreuses années, et elle était en outre la fille d'un duc. Elle avait donc été naturellement très remarquée.

Son incroyable beauté attirait bien sûr tous les jeunes hommes de bonne famille qui se trouvaient en Angleterre à cette époque.

On ne parlait que d'elle, tant dans les clubs, que dans les pages mondaines des journaux.

La première fois que le marquis l'avait vue, son cœur s'était emballé. Il avait immédiatement été séduit par la jeune fille. Et visiblement, il ne l'avait pas non plus laissée insensible.

Ils s'étaient revus chaque soir, aux réceptions organisées à Londres, où l'un et l'autre ne manquaient pas d'être invités.

C'était à l'une de ces occasions, dans un jardin éclairé de petites lanternes chinoises que le marquis avait fait sa proposition à Helen. Elle l'avait aussitôt acceptée.

— Nous ne devons pas l'annoncer publiquement avant que je n'aie eu le temps de prévenir tous les membres de ma famille! avait dit Ivan. Sinon, ils risquent de se sentir insultés.

Helen avait haussé les épaules.

— La famille, c'est ennuyeux! avait-elle marmonné. Excepté lorsqu'elle nous fait des cadeaux.

— Nous n'en aurons pas besoin, je vous offrirai tout ce que vous désirez! s'était exclamé le duc. Mais d'abord, ma chérie, je me dois de vous acheter une bague, et je vous promets que ce sera le plus beau solitaire que l'on n'ait jamais vu à Londres.

Elle l'avait embrassé tendrement. Aucun homme au monde n'était alors plus heureux que lui.

Dès le lendemain, il s'était rendu dans Bond Street.

Il voulait une bague qui fût digne de la beauté d'Helen. Ce n'était pas facile.

Les boutiques étaient pourtant fournies en bijoux, mais aucun ne lui paraissait assez fin, assez unique pour la femme qu'il aimait.

Il avait alors pensé à la petite boutique d'un prêteur sur gages, dans laquelle il avait déniché, la semaine précédente, un magnifique tableau pour la salle de musique de Carlton House.

Le marquis avait donc fait un détour pour se rendre dans cette petite rue sombre où apparemment on trouvait des trésors. Et il n'avait pas été déçu. Aussitôt entré dans la boutique, il était tombé sur un bijou enfin digne des ravissants yeux d'Helen. Il s'agissait d'une émeraude. Contrairement à la plupart des gens, il ne croyait pas que cette pierre pût porter malheur. Elle était énorme et d'une beauté rare. Cependant, la monture n'était pas à la hauteur du joyau. La bague avait dû être fabriquée par un joaillier indien qui n'avait aucune idée du bon goût britannique.

Après avoir acheté le bijou, il l'avait donc immédiatement apporté chez un bijoutier de Bond Street afin de faire monter la pierre sur une autre bague, plus élégante.

Il avait préféré ne pas parler à Helen de son achat. Pourtant, le jour même, elle lui avait dit :

— Dès que vous m'aurez offert la bague que vous m'avez promise, nous annoncerons nos fiançailles.

— Donnez-moi deux jours ! avait répondu Ivan. Et j'aurai une surprise pour vous.

— J'ai hâte de la découvrir ! avait susurré Helen.

Ce soir-là, un nouveau convive se trouvait au bal où ils avaient été invités : le jeune duc de

Sutherland, tout juste arrivé à Londres. Il venait d'Ecosse. Il était le propriétaire d'un vaste domaine et d'un des plus beaux châteaux du pays. Il était également très joli garçon.

C'était un bal particulier, car il avait été donné par l'un des membres de la famille d'Ivan. Et sa mère, malgré son deuil, avait fait l'effort d'y être présente.

Ivan s'était bien entendu occupé d'elle une grande partie de la soirée, ne la quittant pratiquement pas, et demandant à tous ses vieux amis d'aller lui faire un brin de conversation. Il s'était arrangé pour qu'à aucun moment, elle ne fût seule.

Pendant ce temps-là, Helen avait dansé plusieurs fois avec le jeune duc, mais cela n'avait pas inquiété le marquis. Il avait parfaitement confiance en elle, et comme elle semblait heureuse, il en avait profité pour consacrer tout son temps à sa mère.

Le jour suivant, il avait été trop occupé pour passer voir sa fiancée, et ce n'avait été que le surlendemain, après le déjeuner, qu'il avait pu se libérer de ses obligations. Il s'était donc précipité chez les parents de sa promise, à Berkeley Square.

Il s'était habillé très élégamment pour rendre visite à Helen. Quand il était arrivé devant la maison de sa bien-aimée, le maître d'hôtel, qui le connaissait, lui avait souhaité la bienvenue et l'avait fait entrer. Un valet de pied avait pris sa canne et son chapeau.

— Lady Helen est dans le salon, milord, avait indiqué le maître d'hôtel.

— Inutile de m'annoncer! avait répondu le marquis en montant les marches quatre à quatre.

Il avait alors ouvert la porte du salon et s'était

précipité à l'intérieur. Malheureusement, il avait aussitôt été interrompu dans sa course.

Dans la grande pièce inondée de soleil, à contre-jour devant la fenêtre, se tenaient deux personnes qui ne formaient qu'une silhouette. Ivan avait fait un pas en avant, abasourdi. Devant lui se trouvait Helen, dans les bras du duc de Sutherland. Ils s'embrassaient.

Pendant un moment, le marquis était resté pétrifié. Puis, sentant la rage monter en lui, il s'était approché doucement d'eux.

— Que se passe-t-il ? Que diable êtes-vous en train de faire ! s'était-il exclamé d'une voix cinglante.

Le duc avait relevé la tête, mais sans desserrer son étreinte.

— J'ai bien peur, Kenworth, d'avoir pris votre place ! avait-il répondu. Helen m'a promis de devenir ma femme.

— Elle ne peut rien faire de tel ! avait rétorqué le marquis. Elle s'est engagée envers moi.

— Vraiment ? Je ne vois pourtant aucune bague à son doigt ! avait répliqué le duc.

— Si vous ne quittez pas immédiatement cette maison, avait explosé le marquis, vous me verrez contraint de vous donner une correction ! Je sais me battre, croyez-moi !

Helen s'était alors approchée de lui et avait posé une main sur son épaule.

— Ne vous mettez pas en colère, mon cher Ivan. Je suis confuse de devoir vous contrarier, mais j'ai décidé d'épouser Ewen.

— Mais nous sommes fiancés ! avait protesté le marquis. Votre bague sera prête demain, et j'ai déjà organisé nos noces.

— Je suis désolée, vraiment désolée ! avait soufflé Helen. Mais comprenez-moi, Ewen m'a demandée en mariage, et c'est lui que je désire.

— Vous êtes une menteuse, Helen, une tricheuse! J'ai cru en votre amour mais vous n'étiez en fait intéressée que par mon titre. Et si aujourd'hui vous me préférez Ewen, c'est uniquement parce qu'il est duc.

— Ne soyez pas si rude, Ivan! s'était exclamée la jeune fille.

— Pourquoi devrais-je être tendre? avait rétorqué le marquis. Vous avez un comportement indigne! Vous êtes une femme cupide! Peu vous importent les sentiments, vous ne recherchez qu'un titre pour impressionner vos amies.

Il avait parlé avec une telle force, que sa voix avait résonné dans toute la pièce.

Puis le duc s'était interposé timidement:

— C'est assez, Kenworth. Je ne vous autorise pas à parler de cette manière à ma fiancée!

— Votre fiancée! s'était exclamé le marquis au comble de la colère. Vous ne manquez pas de toupet! Elle était la mienne avant que vous n'arriviez. Vous n'êtes qu'un voleur!

A cette insulte, le duc avait montré les poings. Excédé, le marquis en avait fait de même. Mais Helen les avait aussitôt séparés.

— Vous n'allez pas vous battre devant moi! s'était-elle indignée. Allez-vous-en, Ivan, et essayez de vous comporter de manière décente, à l'avenir.

— C'est vous qui me parlez de décence? s'était défendu le marquis. Parce que vous pensez que votre comportement est décent? Je le trouve au contraire lamentable et indigne. Vous devriez avoir honte de vous-même.

Helen avait alors perdu son calme.

— Mais pour qui vous prenez-vous? Comment

osez-vous venir m'insulter sous mon toit ? Sortez de chez moi, et n'oubliez jamais cela : aucune jeune fille ne voudrait vous épouser pour autre chose que pour votre titre !

Un long silence avait suivi cette réplique.

Puis, sans rien ajouter, Ivan avait fait volte-face, et était sorti précipitamment de la pièce en claquant la porte derrière lui.

Tout à sa fureur, il serait parti sans son chapeau si un valet de pied ne lui avait pas couru après pour le lui tendre.

En rentrant chez lui, il avait alors réalisé qu'Helen avait non seulement porté un coup fatal à son cœur, mais aussi à sa dignité. Tout Londres saurait le soir même qu'il avait été évincé par le duc. Il serait la risée de tous, en particulier des femmes dont il avait refusé les avances. Elles seraient ravies de le voir ainsi humilié.

Il avait alors aussitôt décidé de partir. Il avait donc rédigé une note à l'attention de son colonel pour l'informer de son départ.

« *Je ne peux pas rester plus longtemps ici,* avait-il écrit, *alors que tant d'hommes risquent leur vie pour braver la plus grande menace que le monde ait connue. Mon devoir est de me joindre à eux.* »

Et, avant la nuit, Higgins et lui avaient embarqué au port de Tilbury, à bord de son yacht privé.

— A partir de maintenant, oubliez mon titre ! avait dit le marquis à son valet. Dorénavant, vous m'appellerez monsieur, et souvenez-vous que, pour tout le monde, je suis le lieutenant Ivan Worth.

Higgins, qui connaissait son maître depuis fort longtemps, n'avait pas fait de commentaires. Comme il avait beaucoup d'affection pour le marquis, il avait maudit lady Helen de tout son cœur et lui avait souhaité les pires choses.

Lorsqu'il repensait à tout cela, le marquis se souvenait très bien de sa sensation lors de son débarquement sur la côte française. « Je suis ici pour devenir un héros ! » s'était-il dit. Le duc de Wellington l'avait accepté dans ses rangs et il avait immédiatement été associé aux préparatifs de la bataille. Alors, au cœur de l'action, l'humiliation qu'il avait ressentie avait commencé à s'estomper. Cependant, il n'était pas prêt de pardonner, ni à Helen, ni à aucune autre.

« De toute manière, elles sont toutes pareilles ! se disait-il. Elles s'intéressent aux hommes, non pas pour eux, mais pour ce qu'ils peuvent leur apporter, d'un point de vue social ou financier. »

Il avait dès lors décidé qu'il détestait les femmes, et qu'il était hors de question pour lui de tomber une nouvelle fois amoureux.

Durant la bataille, il s'était défoulé sur l'ennemi. Il en était devenu redoutable. Toute la haine accumulée contre Helen se reportait sur les soldats français.

Puis il avait été blessé, et finalement rapatrié à Paris par le duc de Wellington, qui l'avait installé dans cette confortable maison du faubourg Saint-Honoré. Son mal avait alors de nouveau refait surface.

La simple vue d'une garde-malade le mettait hors de lui. Il lui était tout simplement impossible de la regarder. Et le simple fait d'entendre une voix féminine lui faisait invariablement penser à Helen. Il était si désagréable avec les infirmières qu'elles ne restaient généralement pas plus d'une journée. Il n'était d'ailleurs jamais plus heureux que lorsqu'il les entendait donner leur congé. Et pourtant, il savait que les femmes avaient des gestes plus doux, qu'elles serraient moins les bandages par exemple.

D'ailleurs, il devait bien admettre que depuis son dernier pansement son épaule était beaucoup moins douloureuse.

Il décida de considérer que cette nouvelle infirmière n'était pas une femme, ou plutôt de l'ignorer, et quand un peu plus tard elle vint lui faire de nouveaux soins, il ferma les yeux et fit semblant de dormir.

Shenda fut très satisfaite des plantes que lui rapporta Higgins. Il ne les avait pas toutes trouvées, mais il y avait au moins de quoi fabriquer la crème soignante que faisait sa mère. C'était un produit très célèbre depuis des années dans son village, et même dans le comté tout entier.

Shenda descendit à la cuisine pour faire la préparation. Elle mélangea d'abord les feuilles ensemble, sous le regard amusé du chef.

Comme il fallait s'y attendre, il n'y avait que des hommes en cuisine. En fait, à l'exception de deux vieilles gouvernantes, le marquis n'avait accepté aucune femme dans la maison.

Shenda sélectionna les meilleures feuilles et, en les faisant cuire, elle obtint une sorte de bouillie que le chef regarda d'un air dégoûté.

Elle laissa reposer sa mixture puis y ajouta quelques baies.

Finalement, le cuisinier dut admettre que cela sentait bon et, quand Shenda y ajouta un peu de miel, le produit lui parut tout à coup très appétissant.

— Voilà une crème aux effets miraculeux!

clama Shenda dans un excellent français. Je suis très étonnée qu'elle ne soit pas utilisée à Paris.

— De quoi s'agit-il, mademoiselle? demanda le chef, soudain curieux.

Il avait complètement changé d'attitude au fur et à mesure qu'avançait la préparation de Shenda. Petit à petit, il s'était même rapproché d'elle. La jeune fille souleva vers lui quelques feuilles en disant:

— Celles-ci viennent du *Maidenhair*. Je peux vous assurer que, grâce à elles, votre maître se sentira mieux que jamais.

Le domestique se mit à rire.

— Vous n'allez tout de même pas me faire croire que quelques simples feuilles peuvent transformer un homme!

— Eh bien, vous serez surpris de leur effet! répliqua Shenda. Et s'il s'avère que j'ai raison, vous devrez m'offrir un gâteau pour vous punir d'en avoir douté. Qu'en dites-vous?

— Promis, mademoiselle! Mais j'en serais très étonné.

— Vous verrez, conclut Shenda.

Elle avait eu peur de ne pas trouver de feuilles de *Maidenhair* à Paris. Higgins avait d'ailleurs eu du mal à en obtenir tout simplement parce que, en France, son nom était différent.

— Ils appellent ça « ginkgo », ou quelque chose comme ça! avait-il dit.

— C'est son nom chinois, avait expliqué Shenda.

— Il a fallu que j'ameute toute la boutique! s'était exclamé Higgins. Le directeur, qui parlait bien l'anglais, a tout de suite compris ce que je voulais.

— Remercions le ciel qu'il ait été bilingue! avait répondu la jeune fille.

La mère de Shenda utilisait régulièrement les feuilles de *Maidenhair*. Elle croyait beaucoup en leur pouvoir.

Elle y ajoutait toujours un peu de miel, pour lui donner un goût sucré. Les feuilles en elles-mêmes étaient petites, juteuses, et avaient une odeur assez agréable.

Pendant que Shenda préparait son breuvage, la crème destinée à l'épaule du capitaine avait durci.

La jeune fille monta le tout à l'étage et le posa sur une table, dans le couloir, à l'extérieur de la suite du maître. Puis elle attendit l'autorisation d'Higgins avant d'entrer dans la chambre. Elle l'entendait d'ailleurs parler au capitaine qui lui répondait le plus souvent par monosyllabes.

Elle patienta environ cinq minutes et Higgins ouvrit la porte. Elle entra sans dire un mot. Le son de sa voix aurait pu contrarier son patient. Au moment où elle s'approcha du lit, elle le vit fermer les yeux, comme s'il essayait d'ignorer sa présence.

Tout doucement, elle commença à dénouer le bandage. Elle retira ensuite le linge qui recouvrait la plaie, et remarqua que l'infection avait presque disparu. A plusieurs endroits, la chair avait même commencé à cicatriser. Elle aurait voulu demander au capitaine de constater l'amélioration, mais il était probablement plus sage de ne pas lui parler.

Elle se contenta de nettoyer très délicatement la blessure avec de l'eau tiède et une éponge douce. Higgins avait laissé une petite bassine sur le lit à cet effet. Elle n'essuya pas la plaie avec une serviette, mais la laissa sécher à l'air libre. Ensuite, avec mille précautions, elle étala la crème préparée avec les plantes. Enfin, tout doucement, elle renoua la bande autour de l'épaule.

Le capitaine ne bronchait pas, et restait immobile. Quand elle eut fini, elle murmura d'une voix à peine audible :

— Voulez-vous bien boire ce breuvage ? Je vous promets que cela vous fera du bien.

Pour la première fois, le malade ouvrit les yeux. Il ne regarda pas Shenda, mais seulement ce qu'elle avait dans la main.

— Qu'est-ce que c'est ? demanda-t-il d'un ton bourru.

— C'est fait avec des feuilles de *Maidenhair*. C'est un excellent reconstituant. Et vous en avez justement besoin à présent.

Elle lui tendit le verre.

Le capitaine, qui s'était relevé contre ses oreillers, approcha doucement le récipient de ses lèvres avec un air dégoûté.

Il s'attendait sûrement à ce que cette mixture ait aussi mauvais goût que celles prescrites jusqu'alors par ses médecins. C'est pourquoi à la première gorgée, il fut très surpris. Ce breuvage avait un arrière-goût de miel, et il était vraiment bon.

Quand il eut terminé le verre, Shenda le lui reprit des mains. Sans dire un mot, elle marcha jusqu'à la porte et l'ouvrit.

Higgins attendait à l'extérieur. Il entra, se préparant à recevoir les plaintes de son maître. Mais à sa grande surprise, le capitaine resta silencieux.

Après avoir retiré la bassine avec laquelle Shenda avait nettoyé la plaie, Higgins s'éclipsa, lui aussi, en silence.

Shenda l'attendait à la porte du boudoir. Elle lui fit signe de la rejoindre. La porte de communication avec la chambre du malade était close.

— J'ai une idée ! chuchota-t-elle.

— De quoi s'agit-il ? s'enquit Higgins.

— Je pense qu'il n'est pas bon pour le capitaine de rester allongé seul, toute la journée, à ressasser ses idées noires. Il doit cesser de penser à ce qui l'a rendu si malheureux.

— Comment savez-vous cela? interrogea Higgins, étonné. Qui vous l'a dit?

— Personne, répondit Shenda. Je l'ai senti instinctivement.

— Eh bien, on peut dire que vous avez de l'intuition! s'exclama le domestique.

— Ses idées maussades vont à l'encontre de son bon rétablissement; il faut le divertir. J'ai pensé que vous pourriez faire monter un piano.

— Un piano! s'exclama Higgins.

— Je suis sûre que le capitaine aime la musique, expliqua Shenda, et comme je joue de cet instrument, je pourrais lui interpréter quelques morceaux qui, s'il veut bien les écouter, lui feront sans doute oublier les moments douloureux de son passé.

— Vous n'avez peut-être pas tort, acquiesça Higgins. Il y a un piano au rez-de-chaussée, je vais demander aux valets de le monter à l'étage. Mais je ne sais pas si le capitaine approuvera cette initiative. On ne sait jamais, avec lui!

— J'imagine qu'avant la guerre il allait danser! dit Shenda.

— Bien sûr! confirma Higgins.

— Il allait probablement au *Drury Lane*, ou dans d'autres théâtres, apprécier la musique, la danse, et aussi les jolies filles.

Higgins eut un petit rire.

— Il est vrai que certains spectacles s'écoutent principalement avec les yeux!

Shenda rit elle aussi.

— Je vous en prie, dit-elle. Faites monter ce

piano. On dit que la musique adoucit les mœurs. Je suis sûre qu'elle saura réconcilier le capitaine avec les femmes. Il ne peut tout de même pas passer sa vie à les détester sous prétexte que l'une d'entre elles l'a visiblement blessé.

Higgins acquiesça et quitta la pièce.

Quelques minutes plus tard, il revint accompagné de deux valets. Les trois hommes portaient un magnifique piano.

Shenda leur demanda de le poser près de la porte de communication et les remercia.

— Si vous avez besoin de partitions, proposa Higgins, il y en a quelques-unes au rez-de-chaussée, dans la salle de musique.

— Je vous remercie! dit Shenda. Mais je n'en aurai pas besoin dans l'immédiat car je connais quelques morceaux par cœur. Si cela ne vous dérange pas, je souhaiterais que vous entriez dans la chambre du capitaine afin de guetter sa réaction à l'écoute de la musique. Vous pourrez ainsi venir me prévenir immédiatement s'il désire que je m'arrête.

Cependant, elle était sûre de bien faire. Rien n'était plus mauvais pour lui que de ressasser de vieilles chimères. Sa mère lui avait toujours dit que la musique était propice au rétablissement des personnes souffrantes, bien plus que la conversation.

— La plupart des gens qui visitent les malades s'assoient sur leur lit et les saoulent de paroles! lui avait-elle dit. C'est une erreur, car si le pauvre blessé est heureux qu'on vienne le voir, il ne supporte pas les trop longs bavardages.

— Comment peut-on montrer au malade qu'on est désolé de le voir alité? avait demandé Shenda qui était alors très jeune.

— Tu lui apportes un bouquet, et tu restes peu

de temps. Ainsi, même après ton départ, il peut sentir les fleurs et se souvenir de ta présence. S'il est mélomane, tu peux aussi faire jouer pour lui de la musique, ce qui le ravira plus qu'aucune conversation.

Shenda s'approcha du clavier et parcourut doucement les touches du bout des doigts. Puis, reprenant sa respiration, elle commença à jouer un air léger qui lui fit songer au jardin et aux fleurs de sa maison, en Grande-Bretagne.

Il n'y eut aucun signe d'Higgins.

Elle continua de jouer, songeant au temps où elle montait son cheval, Samson, à travers les bois. Les oiseaux voltigeaient au-dessus des arbres, et les écureuils y grimpaient gaiement. Le soleil faisait de belles percées au travers du feuillage. Shenda rejoignait une cascade au centre de la forêt. Elle avait souvent pensé qu'il s'y cachait des nymphes.

Elle continuait à jouer, et repensait à ces moments heureux. Après ces longues balades, lorsqu'elle regagnait la maison, elle aimait aller retrouver son père. Ses doigts dansaient sur les touches du clavier alors qu'elle revivait ces jours anciens. Elle se voyait encore courir vers le bureau, lord Linbury lui tendant les bras : « Viens ma chérie, j'ai quelque chose à te montrer ! » lui disait-il.

Avec un petit soupir, Shenda souleva ses mains du clavier. Elle n'avait aucune idée de ce qu'elle avait joué depuis une demi-heure. Higgins se tenait près d'elle. Elle avait l'impression de revenir d'un long voyage dans le temps.

— Que... que se passe-t-il ? demanda-t-elle.

— Le capitaine s'est endormi le sourire aux lèvres, répondit Higgins.

Shenda se leva doucement. Sur la pointe des pieds, elle s'approcha de la porte de communication, puis entra dans la grande chambre du capitaine. Elle s'approcha du lit. Higgins avait dit vrai : son maître souriait. Son visage semblait plus apaisé que jamais.

« Il est vraiment bel homme, pensa-t-elle. Je suis heureuse d'avoir pu lui apporter mon aide ! »

Elle le regarda encore quelques minutes, puis elle fit demi-tour et revint vers le boudoir, fermant la porte derrière elle.

— Il a l'air d'aller déjà beaucoup mieux, remarqua-t-elle.

— Je dois m'incliner, et avouer que j'ai eu tort de douter du pouvoir de vos plantes. Vous avez gagné notre pari !

— Peu importe, l'essentiel est que le capitaine soit rapidement sur pied.

En prononçant ces mots, elle baissa les yeux. Une fois guéri, le capitaine repartirait probablement en Angleterre, la laissant par conséquent à la rue. Il lui faudrait à nouveau retourner voir le duc de Wellington pour qu'il lui trouve une autre place. Cette idée la plongea dans une sorte d'angoisse.

« Nous n'y sommes pas encore ! se ressaisit-elle. Avant cela, j'ai encore beaucoup à faire ! »

La blessure du capitaine commençait en effet seulement à aller mieux, et même avec les herbes spéciales recommandées par Nicholas Culpeper, la guérison complète allait encore prendre quelque temps, et de nombreux efforts.

Soudain, elle se tourna vers Higgins, et lui dit :

— A présent, et puisque le capitaine se repose, j'aimerais sortir pour découvrir un peu Paris. C'est tellement excitant pour moi d'être ici! Je meurs d'envie de flâner au bord de la Seine.

— Vous ne pensez tout de même pas y aller seule? s'exclama Higgins, l'air inquiet.

— Pourquoi pas? demanda naïvement Shenda.

— Vous êtes trop jolie pour marcher seule dans Paris! expliqua-t-il. Les Français aiment les jeunes filles, et vous risquez d'être importunée si vous n'êtes pas accompagnée.

— Que me chantez-vous? s'indigna Shenda. Je me suis toujours promenée seule à la maison! Je veux dire dans la campagne avoisinante.

— Oui, mais vous n'êtes plus à la campagne, vous êtes en ville. Et une ville pleine de Français auxquels vous ne pourrez échapper!

— Alors que puis-je faire si je veux voir Paris? protesta-t-elle.

Peut-être pourrait-elle demander à l'une des vieilles gouvernantes de l'accompagner? Cette idée ne lui plut guère. La vieille dame ne marcherait pas assez vite, et elle ne voudrait sûrement pas s'aventurer trop loin sur les bords de la Seine.

— Je ne peux malheureusement pas vous proposer de vous escorter, s'excusa Higgins. Je dois rester pour veiller sur notre patient. Mais l'un des valets est un gentil garçon, et je suis sûr qu'il ne refusera pas de vous rendre ce service!

— Vous voulez dire qu'il pourrait venir avec moi? demanda Shenda.

— Oui. Et il vous suivra de quelques mètres. Ainsi, vous aurez l'impression d'être seule, et il sera en mesure, en cas de besoin, d'écarter les hommes qui voudraient vous importuner. J'irai lui demander si vous le désirez.

— C'est très gentil à vous, dit Shenda en souriant. Vous pensez vraiment à tout!

Elle courut dans sa chambre chercher son chapeau. Il faisait trop chaud pour mettre un manteau, aussi attrapa-t-elle seulement son sac à main.

Elle descendit les marches de l'escalier quatre à quatre et, arrivée dans le hall, elle trouva le jeune valet qui l'attendait. Higgins était là, lui aussi.

— Pierre m'a avoué qu'il avait besoin de se dégourdir les jambes, dit-il. Il est prêt à vous suivre aussi loin que vous irez !

— N'ayez crainte, je ne pars pas trop longtemps ! les rassura la jeune fille. Je veux juste voir la Seine et ses bateaux. Jusqu'ici, je n'ai pu l'admirer que de loin.

— Très bien ! fit Higgins. Prenez garde de ne pas tomber dans l'eau.

— Je vais essayer ! ironisa Shenda. Mais si, par malheur, je glissais, j'espère que je peux compter sur vous pour venir me sauver.

— Désolé ! rétorqua Higgins en riant. Mais je ne sais pas nager !

Une fois dehors, Shenda commença à descendre le faubourg Saint-Honoré. Pierre était sur ses pas, et elle ne regarda pas sans arrêt en arrière pour vérifier. Elle se contenta d'admirer Paris, et trouva en particulier les fontaines ravissantes.

Le soleil brillait à travers les branches des arbres, exactement comme dans les bois, près de sa maison.

Elle ne pouvait pas marcher bien vite parce qu'une foule de touristes se pressaient sur le trottoir. Finalement, elle parvint à rejoindre la rue qui donnait sur la Seine. Elle put bientôt admirer les bateaux et les péniches qui voguaient paisiblement sur le fleuve. C'était aussi exaltant qu'elle l'avait espéré. Elle n'avait fait que quelques pas sur le quai lorsqu'elle remarqua un petit escalier de pierre qui descendait jusqu'au bord de l'eau. Elle l'emprunta sans se retourner, sachant que Pierre la suivait de loin. Devant elle, faisant face à la Seine, se trouvait un banc. Elle s'y assit et put contempler ainsi tous les bateaux à loisir.

On lui avait dit un jour que rien n'était plus romantique que de se promener au bord de la Seine, à la nuit tombée, alors que les lumières scintillaient sur l'eau de mille reflets.

« Comme j'aimerais venir ici la nuit ! » songea-t-elle.

Le banc sur lequel elle était assise serait alors sûrement occupé par un couple d'amoureux. Mais de toute manière, il était évident qu'Higgins ne l'autoriserait pas à revenir seule, en outre après le coucher du soleil.

Une embarcation chargée d'énormes rondins de bois passa devant elle. Ensuite, ce fut le tour d'un bateau plein d'enfants, visiblement en excursion.

Soudain, elle entendit des pas descendre les marches de pierre. C'était un homme. Il s'approcha au bord de l'eau, à quelques mètres d'elle et resta là un petit moment, à fixer l'horizon. Brusquement, il jeta quelque chose dans le fleuve. Puis il repartit en courant, empruntant le chemin par lequel il était venu.

Shenda se demanda de quoi il avait bien pu se débarrasser. Peut-être d'un objet ? Ou alors de vieux vêtements dont il n'avait plus l'usage ? Mais en regardant plus intensément, elle réalisa que ce qu'il avait jeté dans l'eau bougeait. Visiblement, il s'agissait d'un chien.

Il se battait contre le courant et essayait de nager vers la rive.

Shenda se leva d'un bond tandis que Pierre se

précipitait lui aussi vers le bord de la Seine. En dépit du courant, le petit chien arrivait tout de même à avancer vers la berge.

Pierre rejoignit Shenda. Ils avancèrent ensemble le long du quai sans quitter l'animal des yeux.

— Comment peut-on faire une chose aussi cruelle ? demanda Shenda en français.

— Il devait penser que le chien se noierait. C'est d'ailleurs ce qui serait arrivé s'il avait été moins vif.

Shenda ne répondit rien. Elle regardait le petit chien s'approcher. Elle craignait qu'à bout de forces, il ne pût rejoindre la rive, et qu'il fût emporté par le courant. Mais finalement, au prix de gros efforts, il parvint à venir tout au bord. Sans dire un mot, Pierre se baissa, attrapa le chien par la peau du cou et le posa sur la terre ferme. Les deux jeunes gens eurent un mouvement de recul lorsque le chien s'ébroua. Puis Shenda s'approcha doucement du petit animal, et lui caressa gentiment la tête.

Il s'agissait d'un jeune terrier. Peut-être était-il né dans une famille qui n'avait pas les moyens de le garder ?

A présent, il avait l'air d'apprécier les caresses de la jeune fille. Pierre sortit un grand mouchoir de sa poche et se mit à le sécher. Il semblait aussi aimer cela.

Une fois que le chien fut sec, Pierre se redressa et essora son mouchoir. Shenda leva les yeux vers lui.

— Nous allons le ramener à la maison ! décida-t-elle. Et nous allons le porter, il a suffisamment fait d'exercice pour aujourd'hui !

— Je vais chercher une voiture, mademoiselle, proposa Pierre.

quée, fit-il avec un sourire. Et je vous le répète : si vous avez le moindre souci, n'hésitez pas à venir me trouver. Cependant, je crois que votre père peut reposer en paix, car vous serez en sécurité ici.

— Je tiens encore une fois à vous remercier. Sans vous, je ne sais pas ce que je serais devenue.

Ils avancèrent dans le hall. Un domestique vint donner son chapeau au duc puis lui ouvrit la porte. Shenda le suivit à l'extérieur. Il monta dans son fiacre, et quand les chevaux se mirent en route, il lui fit un petit geste de la main, en signe d'au revoir.

Elle eut soudain la sensation de perdre le seul ami qu'elle avait à Paris.

Elle ne quitta le véhicule des yeux que lorsqu'il fut hors de vue.

Higgins, qui l'avait rejointe, regardait lui aussi dans la même direction :

— C'est un grand homme ! murmura-t-il. Lorsque vous aurez des enfants, n'oubliez pas de leur dire à quel point il a été bon pour vous. Pour vous et pour tant d'autres !

— Vous avez raison, répliqua Shenda. Même si je ne devais plus le revoir, je n'oublierais jamais sa gentillesse.

— Oh, n'ayez crainte, vous le reverrez ! lui assura le domestique en la raccompagnant dans la maison. Il est très attaché à mon jeune maître, et il vient prendre de ses nouvelles presque chaque jour depuis que nous sommes ici.

« Quel saint homme ! » songea Shenda.

En suivant Higgins dans les escaliers, elle se demanda si elle serait à la hauteur de la tâche qui lui était confiée. Parviendrait-elle à guérir le capitaine Worth ?

Higgins la fit entrer dans la suite du maître des lieux. La chambre était immense. Elle y découvrit un grand lit à baldaquin dans lequel un homme était allongé. Les rideaux étaient tirés, maintenant la pièce dans une semi-obscurité. Sans dire un mot, Higgins les ouvrit. La lumière inonda subitement la chambre, et Shenda put voir distinctement le capitaine.

Il était extrêmement beau. Ses cheveux noirs étaient coiffés vers l'arrière, dégageant un grand front. Les traits de son visage étaient fins et réguliers, mais on les sentait meurtris par la douleur. L'une de ses épaules était entièrement bandée.

Higgins s'approcha de lui.

— C'est cette épaule qu'il va falloir soigner, dit-il à voix basse. Les soins prodigués jusqu'à aujourd'hui n'ont fait qu'empirer les choses.

— Laissez-moi voir de quoi il s'agit, demanda doucement Shenda.

Elle avait parlé d'une voix très basse, à peine audible. Elle savait pourtant que le capitaine dormait profondément, grâce aux calmants, et qu'il ne risquait pas de l'entendre.

Higgins s'approcha de la commode et indiqua à Shenda les fioles et les pots laissés par les médecins. La jeune fille en prit un et l'ouvrit : il contenait une sorte de graisse à appliquer directement sur la blessure. L'aspect en était plutôt répugnant et l'odeur très forte. Elle inspecta le contenu des autres pots et constata qu'il s'agissait plus ou moins du même produit.

Elle songea tout d'abord à nettoyer la plaie, mais elle savait que cela risquait d'être affreusement douloureux.

Elle regarda Higgins et lui demanda :

— Est-il possible de voir l'épaule du capitaine sans le réveiller ?

— Soyez sans crainte. Il est tellement assommé qu'il ne s'éveillera pas, quoi que nous lui fassions.

Il s'approcha du lit et commença à défaire le bandage. Ses gestes étaient délicats pour un homme, mais Shenda ne put s'empêcher de penser qu'elle aurait été plus douce avec le blessé. Mais puisqu'il dormait, elle laissa faire le domestique.

Quelques minutes plus tard, l'épaule du capitaine était nue, et la jeune fille put constater à quel point la blessure provoquée par la balle était profonde. Elle était également infectée.

— Comme vous pouvez le voir, mademoiselle, les soins des docteurs ne donnent rien de bon, fit remarquer Higgins.

— Je vois, fit Shenda en hochant la tête d'un air pensif. Nous allons essayer un nouveau traitement. Pouvez-vous aller à la cuisine et demander s'ils n'ont pas un peu de miel ?

Higgins la regarda, incrédule.

— Du miel ? Mais que voulez-vous faire avec du miel ?

— Simplement en appliquer un peu sur la plaie, expliqua Shenda. Ensuite, je vous donnerai une liste d'herbes naturelles à me procurer. Grâce à elles, je suis sûre que l'infection disparaîtra en quelques jours.

— Vous avez bien dit du miel ? demanda Higgins qui ne pouvait toujours pas en croire ses oreilles.

— Tout à fait, répondit Shenda. Le meilleur que vous pourrez trouver ! Je veille sur notre patient en attendant que vous alliez le chercher.

Higgins prit sa respiration, comme s'il s'apprêtait à discuter cet ordre qui ne lui paraissait pas raisonnable. Puis, il se ravisa, haussa les épaules, et se dirigea vers la porte.

Shenda s'assit au pied du lit et contempla son malade. On voyait, aux traits de son visage fermé, qu'il avait beaucoup souffert, non seulement physiquement, à cause de sa blessure, mais aussi psychologiquement. Elle ne savait pas exactement ce qui lui faisait penser cela, cependant, elle en était pratiquement certaine. Elle avait toujours cru, sans jamais oser l'avouer, qu'elle avait une sorte de sixième sens, hérité de sa mère.

Ainsi, elle sentait quelles choses étaient bonnes ou mauvaises, en particulier quand il s'agissait de la santé d'une autre personne.

Elle savait, à présent, que les soins prodigués au capitaine n'étaient pas appropriés à sa blessure. D'abord, les médecins ne l'avaient pas désinfectée correctement, ensuite ils n'avaient pas dû être très psychologues avec leur malade.

Il fallut un certain temps à Higgins pour ramener le miel à Shenda. Il n'osa d'ailleurs pas raconter à la jeune fille les rires qu'il avait déclenchés en cuisine en demandant ce drôle de médicament.

Après avoir tendu le pot à Shenda, il l'observa attentivement. La jeune fille étala très doucement le miel sur la plaie.

Higgins la regarda, incrédule. Elle recouvra les chairs enflammées et bientôt, elle les massa de ses longs doigts avec une infinie douceur. Ensuite, elle attendit un long moment avant de recouvrir la blessure d'un linge propre. Enfin, elle remit délicatement le bandage.

Higgins nota qu'elle le serrait moins que ne le faisaient les docteurs.

Saisissant le pot de miel, et après avoir constaté

reste de la journée. C'était lui qui faisait prendre au malade sa boisson de feuilles de *Maidenhair*, car Shenda craignait que cela l'empêche de dormir, si elle la lui donnait elle-même le soir, en venant lui faire les derniers soins.

— Il a plus d'énergie qu'auparavant, et il commence à vouloir se lever ! lui annonça Higgins quelques jours plus tard.

— C'est une excellente nouvelle ! s'exclama Shenda. Je suis certaine que le *Maidenhair* n'est pas étranger à cela !

Elle espérait que le duc de Wellington rendrait une petite visite au capitaine. Elle aurait voulu le voir. Mais d'après Higgins, il était parti à Cambrai inspecter l'armée d'occupation. Plus de cinq mille hommes étaient encore en poste là-bas.

— Je suppose que le duc viendra prendre des nouvelles du capitaine dès son retour, dit Higgins. Il sera sans doute surpris de le découvrir en si grande forme !

Le patient se rétablissait en effet d'une façon miraculeuse. Sa blessure guérissait à vue d'œil, et elle n'était plus du tout infectée. Quant à lui, il se sentait visiblement mieux, mangeait plus, et avait l'air plus heureux.

Pourtant, cela faisait seulement quatre jours que Shenda était dans la maison.

Chaque matin, après avoir changé le pansement du capitaine, puis retrouvé Courage, elle jouait du piano. Cela lui procurait un immense plaisir. Elle avait toujours aimé composer elle-même des mélodies inspirées par ses souvenirs.

Aujourd'hui, elle jouait une musique joyeuse car elle pensait à son enfance aux côtés de ses parents. Les notes lui rendaient les fleurs de son jardin, les bois, les écureuils portant leurs noisettes dans les arbres, les étoiles dans le ciel, la lune ronde, le chant des oiseaux au printemps...

Puis, vinrent à son esprit la Seine et sa beauté romantique. Les accords sous ses doigts devinrent alors plus langoureux, jusqu'au moment où elle songea à Courage, et à son sauvetage difficile. Le rythme de ses doigts s'accéléra soudain sur les touches du clavier, rendant toute l'émotion de cette aventure.

Courage était toujours allongé à ses pieds lorsqu'elle jouait du piano. Il était habitué à rester près d'elle, et il ne lui serait pas venu à l'idée qu'il pût s'enfuir. Elle baissa les yeux pour le regarder : à sa grande stupeur, il avait disparu.

D'un bond, elle se leva et se précipita dans la chambre du capitaine. Elle s'arrêta brusquement : Courage était assis sur le lit du blessé.

Depuis quelque temps, il avait appris à grimper sur son lit à elle, et ce matin, il était même venu la réveiller en lui léchant la joue.

Affolée, Shenda s'approcha du lit. Elle constata alors que le capitaine caressait affectueusement le petit chien.

Elle poussa un soupir de soulagement.

L'homme et le chien étaient l'un en face de l'autre comme s'ils avaient toujours été complices.

Timidement, la jeune fille avança encore d'un pas. Levant soudain les yeux vers elle, le capitaine demanda :

— D'où vient ce petit terrier ?

Shenda hésita un instant, puis répondit franchement :

— Pierre, le valet de pied, et moi, lui avons sauvé la vie le lendemain de mon arrivée ici.

Le capitaine lui lança un regard interrogateur et elle s'expliqua :

— Je souhaitais voir la Seine, mais Higgins ne voulait pas me laisser y aller seule. C'est pourquoi il a demandé à Pierre de me suivre au cas où quelqu'un chercherait à... m'importuner.

Elle hésita sur le dernier mot, mais elle vit dans l'expression du capitaine qu'il avait compris de quoi elle voulait parler.

— Je me languissais de voir la Seine, reprit-elle, et lorsque j'y suis arrivée, j'ai descendu les quelques marches qui conduisaient au bord de l'eau.

Le capitaine restait silencieux. Il écoutait attentivement. Elle continua :

— Alors que j'étais assise sur un banc et que j'admirais les bateaux, un homme s'est avancé sur le quai et a jeté quelque chose dans le fleuve avant de s'enfuir en courant. Dans un premier temps, je n'ai pas pu voir de quoi il s'agissait, et...

— Et puis vous vous êtes aperçue que c'était un chien ! termina le capitaine.

— C'était Courage ! acquiesça Shenda. Nous avons eu très peur qu'il soit emporté par le courant.

— En effet, il est petit ! constata le capitaine. Et le courant de la Seine est très rapide.

— Il est malgré tout parvenu à rejoindre la rive, et Pierre a pu le sortir de l'eau.

— Donc, nous avons un nouveau pensionnaire dans la maison, dont les domestiques vont devoir s'occuper !

Shenda craignit que cette petite phrase fût un reproche.

— Ils l'adorent tous ! s'exclama-t-elle rapidement. C'est Higgins qui l'a baptisé. Il a dit qu'il fallait beaucoup de courage pour lutter contre le courant d'un fleuve et qu'il était très brave.

Depuis son arrivée, il est un peu gâté, et comme vous avez pu le constater, il n'est pas sauvage.

— C'est vrai qu'il m'a immédiatement adopté ! dit en riant le capitaine.

— Je... je ne savais pas si vous l'accepteriez, confia Shenda. C'est pourquoi je vous l'ai caché.

— Eh bien, il est venu se présenter lui-même tout à fait correctement ! répliqua le capitaine. Et comme il se trouve que j'aime beaucoup les chiens, j'espère que vous voudrez bien le partager avec moi.

Shenda sourit.

— Avec plaisir ! J'ai le sentiment que, comme la plupart des terriers, il préférera la compagnie d'un homme que la mienne !

Le capitaine s'esclaffa. C'était la première fois qu'elle l'entendait rire.

— Je pense que tout cela mérite un nouvel air de musique ! lança-t-il. Je vous suggère de retourner au piano et de me dire avec des notes à quel point vous êtes ravie que Courage et moi soyons devenus amis.

Shenda le regarda avec des yeux étonnés.

— Vous aviez compris que j'essayais de vous parler par le biais de la musique ? demanda-t-elle d'une toute petite voix.

— Bien sûr que je l'avais compris ! répondit le capitaine. Grâce à vos mélodies, je connais tout des bois dans lesquels vous chevauchiez, de votre maison, des oiseaux, des écureuils et des lapins, tout de ce qui vous a bercé depuis votre enfance.

Shenda reprit sa respiration.

— Comment avez-vous pu entendre tout cela ?

— Je crois que la réponse est toute simple : parce que vous jouez avec une sincérité qui a su toucher mon cœur et réveiller mes propres souvenirs.

Les yeux de Shenda s'éclairèrent, et elle courut s'enfermer dans le boudoir. Elle s'assit au piano et commença une joyeuse mélodie exprimant son bonheur. Elle était si heureuse que le capitaine accepte Courage et que son état de santé se fût nettement amélioré depuis quatre jours!

Elle était encore en train de jouer quand elle entendit Higgins annoncer:

— Le duc de Wellington, monsieur!

Shenda souleva les mains du clavier et écouta:

— Comment allez-vous? demanda le duc en s'approchant du lit. Je suis désolé de ne pas avoir pu vous rendre visite plus tôt, mais comme vous le savez sans doute, j'étais à Cambrai.

— Vous m'avez manqué! répondit le capitaine. Cependant, je vais beaucoup mieux depuis votre dernière visite.

— J'ai cru comprendre que c'était grâce à la nouvelle infirmière! répliqua le duc. Je crois que je dois lui exprimer toutes mes félicitations.

— Si mon état s'est amélioré, admit le capitaine, c'est en effet uniquement grâce à Mlle Linbury et à ses produits naturels à base de plantes.

— C'est ce que m'a dit Higgins, ajouta le duc. Visiblement, il est encore tout étonné de la rapidité de votre rétablissement. Il prétend que ces plantes ont un pouvoir presque magique.

— En effet, confirma le capitaine. J'ai maintenant l'intention de me lever, et je pense que je pourrai le faire dès demain.

— Soyez prudent, recommanda le duc, ne brûlez pas les étapes. Plusieurs de mes officiers ont subi des rechutes graves pour avoir voulu se lever trop tôt. Et votre blessure est particulièrement sérieuse.

— Honnêtement, je peux vous dire que j'ai du

mal à le croire à présent! répondit le capitaine. Grâce à une boisson préparée par Mlle Linbury, je me sens mieux que jamais. Je vous assure que je ne me rappelle pas avoir eu un jour autant d'énergie.

— Vous m'en voyez ravi! s'exclama le duc. Lorsque vous serez totalement rétabli, vous pourrez bien sûr, si vous le souhaitez, me rejoindre à Cambrai. Mais à mon avis, il serait plus sage que vous retourniez chez vous, en Angleterre. Je suis sûr que le Prince-Régent s'inquiète de votre absence.

Le capitaine se mit à rire.

— Ce n'est pas tant moi que mon opinion sur les œuvres d'art qui lui manque! Personne n'est capable de lui dire s'il fait ou non de bonnes acquisitions.

Le duc se mit à rire lui aussi.

— En tout cas, je pense que votre famille sera très heureuse de vous retrouver. A ce propos, j'ai écrit à votre grand-mère, la semaine dernière, pour lui dire que vous étiez dans de bonnes mains et qu'elle pourrait sans doute vous revoir bientôt.

— C'est très gentil à vous, remercia le capitaine. C'est une de mes plus proches parentes. Je m'en suis toujours voulu d'être venu vous rejoindre en France sans même aller lui dire au revoir.

— Eh bien, dépêchez-vous de guérir si vous voulez me rejoindre une nouvelle fois! conseilla le duc. Mais comme je vous l'ai dit: vous seriez mieux et plus utile chez vous que dans l'armée d'occupation.

Il fit une petite pause avant d'ajouter:

— L'un de mes principaux problèmes est de trouver à mes hommes quelque chose à faire!

Le capitaine ne répondit rien.

Et il monta les marches en courant.

En attendant, Shenda caressa le petit chien en lui parlant doucement :

— Tu as été assez courageux et intelligent pour nager jusqu'à la rive, dit-elle. Tu as bravement sauvé ta vie. Maintenant, je vais t'emmener dans ta nouvelle maison. Je suis sûre que tu y seras très heureux.

L'animal semblait content de l'intérêt qu'elle lui portait, et il vint se frotter contre sa jambe.

Quelques instants plus tard, Pierre arrêta un fiacre. Shenda, qui l'avait rejoint, attrapa le petit chien dans ses bras et y grimpa. Elle installa le terrier à côté d'elle. Pierre s'assit sur le siège en face, puis indiqua au cocher l'adresse de la résidence du capitaine, faubourg Saint-Honoré.

— Voilà une belle aventure ! s'exclama Shenda en français. Nous allons faire une simple promenade, et nous revenons avec un beau chien qui, j'en suis sûre, fera le bonheur de chacun dans la maison !

C'était du moins ce qu'elle espérait. Après tout, le capitaine allait peut-être refuser d'accueillir cet animal. Il pourrait prétendre qu'il n'avait besoin ni de femme ni de chien perdu.

« Je dois le persuader de l'adopter ! » se dit Shenda.

Mais comment allait-elle pouvoir lui imposer ce petit terrier alors qu'elle avait elle-même du mal à se faire accepter ?

5

Une fois de retour à la maison, Shenda expliqua à Higgins ce qui était arrivé.

Il caressa alors le chien et lui dit :

— Eh bien, on peut dire que tu as du courage, toi !

— Voilà un nom formidable ! s'exclama Shenda. Si nous l'appelions Courage ?

Le terrier semblait aimer son nouveau nom, et il remuait la queue joyeusement.

D'une voix mal assurée, Shenda demanda :

— Et... pour le capitaine ?

Higgins réfléchit pendant un moment.

— Je crois que ce serait une erreur de lui en parler immédiatement. Chaque chose en son temps. Nous devons d'abord faire en sorte qu'il vous accepte, vous !

— Oui, bien sûr ! acquiesça Shenda. Ce serait idiot de le contrarier avec cette histoire et qu'il me renvoie pour cela.

— Lorsque vous soignerez notre patient, nous mettrons Courage à l'office, décida Higgins. Et vous pourrez le prendre avec vous le reste du temps, en cachette du capitaine bien sûr !

A l'office, Courage ravit tout le monde. Les cuisiniers le gâtaient en lui faisant goûter un peu de chaque plat.

Mais il n'y restait jamais bien longtemps. Shenda s'en occupait en effet presque toute la journée, car elle ne faisait les pansements au capitaine que le matin, à la première heure, et le soir. Seul Higgins était autorisé à entrer dans la chambre le

— Voilà un beau terrier! remarqua le duc en caressant Courage. Il se plairait sûrement plus à la campagne. Vous appréciez Paris?

Le capitaine sourit.

— Difficile de répondre à cette question. Je n'ai rien vu de Paris, excepté des docteurs. Or, il me semble que la France est réputée pour sa cuisine, et non pour ses médecins.

— Eh bien, profitez donc de sa cuisine! Reprenez des forces grâce aux bons petits plats français! Mais n'oubliez pas mon conseil: ne brûlez pas les étapes.

— J'obéirai à vos ordres! promit le capitaine.

Le duc s'avança vers la porte de la chambre. Avant de l'ouvrir, il se retourna:

— Pendant que j'y pense, j'aimerais voir Mlle Linbury, avant de partir.

— Si vous passez par la porte qui est sur votre droite, vous la trouverez probablement installée au piano. Vous avez dû entendre sa musique en arrivant.

— Je me demandais justement qui jouait! avoua le duc.

Il s'avança vers la porte de communication et l'ouvrit.

Shenda se leva du tabouret.

Le duc referma la porte derrière lui, puis il s'approcha de la jeune fille:

— Je vous félicite, mademoiselle. Higgins m'avait dit que son maître allait mieux. J'ai pu constater qu'il était en effet transformé depuis ma dernière visite. Et je sais que c'est à vous seule que nous devons cette amélioration.

— Nous la devons avant tout à votre idée de m'amener ici, répondit Shenda.

Ils se dirigèrent instinctivement tous deux de

l'autre côté du boudoir, afin de pouvoir parler sans être entendus.

Les rayons du soleil entraient par les fenêtres et illuminaient les cheveux dorés de Shenda. La regardant ainsi, le duc songea qu'elle était vraiment très jolie.

Aucun homme ne pourrait la regarder sans être troublé par sa beauté. Même le capitaine, en dépit de ses préjugés, avait dû être séduit par cette jeune fille.

— J'espère que notre patient ne vous a pas fait trop de difficultés, murmura-t-il.

— Nous avons parlé pour la première fois aujourd'hui, répondit Shenda. Grâce à Courage. J'avais décidé de lui cacher le petit chien, mais celui-ci s'est introduit dans sa chambre sans que je m'en rende compte. Et il a sauté sur son lit ! Cela a suffi à briser la glace.

— Je vois que cet animal est déjà un grand diplomate ! dit le duc en riant. Je suppose que cette première discussion s'est bien passée. De toute façon, le capitaine ne peut que vous être reconnaissant.

— Je l'espère. Comme vous le savez probablement déjà, sa blessure guérit de façon miraculeuse, et son moral ne fait que s'améliorer, lui aussi. Par bonheur, j'ai pu acheter des feuilles de *Maidenhair*, grâce auxquelles il a rapidement retrouvé toute son énergie.

— J'ai déjà entendu parler de cette plante, dit le duc. Je crois qu'elle vient de Chine.

— C'est en effet l'un des plus vieux arbres connus en Orient, renchérit Shenda. Nous avions la chance d'en posséder un à la maison. Mon père l'avait ramené d'un de ses voyages quand il était jeune homme. Ma mère soignait un grand nombre de malades avec ses feuilles.

— Et vous avez su faire profiter le capitaine de ses effets bénéfiques ! Au train où vont les choses, je suis sûr qu'à ma prochaine visite, il sera en mesure de se déplacer.

— Je le pense aussi, ajouta Shenda. Et laissez-moi vous remercier une nouvelle fois de m'avoir conduite dans cette maison. Tout le monde y est très gentil avec moi.

— Je suis heureux d'entendre cela, répondit le duc. Si vous avez besoin de moi, je serai à Paris pendant encore deux semaines avant de retourner à Cambrai.

Il s'avança vers la porte. Shenda le suivit jusqu'au palier, puis descendit avec lui.

Higgins les attendait dans le hall.

Alors qu'un valet de pied lui tendait son chapeau, le duc remarqua :

— Vous devez admettre, Higgins, que je vous ai amené la bonne personne au bon moment.

— C'est vrai milord, reconnut le domestique. Mlle Linbury a ridiculisé les meilleurs médecins français. Elle a fait de véritables miracles.

— Si seulement elle pouvait faire de même avec tous les soldats blessés à Waterloo, murmura le duc d'un air pensif.

— Nous avons encore besoin d'elle ici ! dit rapidement Higgins.

— Je le sais ! répliqua le duc. Et c'est pour cela que je n'essaierai pas de vous l'enlever. J'espère néanmoins que vous saurez en prendre soin. Et surtout, faites-la escorter convenablement à chacune de ses sorties.

Il lui mit une pièce d'or dans la main.

— En cas de besoin, vous savez où me trouver ! rappela-t-il en sortant de la maison.

Son carrosse l'attendait devant la porte. Avant d'y monter, le duc se tourna vers Shenda.

— Continuez à faire du bon travail ! J'ai été enchanté de ce que j'ai vu. Et je suis sûr que la compagnie de votre chien sera pour le capitaine un fortifiant aussi efficace que les feuilles de *Maidenhair*.

Shenda laissa échapper un petit rire.

Le carrosse se mit en route. La jeune fille agita longuement sa main en signe d'au revoir. Puis elle fit demi-tour et courut dans le hall.

— Courage a échappé à ma surveillance et s'est introduit dans la chambre du capitaine ! dit-elle à Higgins. Il a ensuite grimpé sur le lit. Le capitaine l'a caressé et il m'a même parlé.

— Eh bien, c'est mieux ainsi ! déclara Higgins. Il n'y a rien de tel qu'un chien pour rendre à un homme sa témérité et son entrain. Avec un tel animal, il voudra sûrement bientôt escalader les montagnes.

Shenda poussa un cri d'horreur.

— Le duc a mis en garde le capitaine afin qu'il reste prudent. Il faut absolument lui faire comprendre qu'il n'est pas encore en état de se lever !

Elle n'avait pas terminé sa phrase qu'elle se précipitait déjà dans l'escalier.

— Je ferais mieux d'aller voir ce que Courage l'incite à faire ! s'exclama-t-elle. Ou nous risquons d'avoir des problèmes !

Elle partit si vite qu'elle n'entendit pas la réponse d'Higgins.

Elle courut le long du couloir vers la chambre du maître. Le capitaine lui avait bel et bien parlé, mais elle craignait encore ses réactions et elle

Si son mariage n'avait pas été heureux, cela était peut-être dû aux affronts que son épouse avait sans doute subis.

« J'espère que l'homme dont je serai amoureuse m'aimera aussi, se dit Shenda, et qu'il ne s'intéressera à aucune autre femme. »

Elle en demandait peut-être un peu trop, mais après tout, ses parents n'avaient-ils pas été heureux et unis durant toute leur vie ? Malheureusement, leur couple semblait faire exception. La plupart des gens dont Shenda entendait parler n'avaient pas l'expérience d'un tel bonheur.

Combien d'épouses fondaient-elles en larmes en découvrant que leur mari était parti avec une autre ?

Sur ce point, le capitaine semblait différent : il haïssait les femmes parce que l'une d'elles avait dû le trahir.

Heureusement, Shenda avait réussi à se faire accepter. Elle n'avait plus peur de se retrouver à la rue juste parce qu'elle avait le malheur d'être une femme.

Bien sûr, sa situation n'était pas définitive. Dès que son patient irait mieux, il lui faudrait retourner voir le duc et lui demander à nouveau de l'aide.

En songeant à ce moment, elle se mit à prier pour qu'il n'arrive pas trop tôt. Elle aurait voulu rester dans cette maison le plus longtemps possible.

Pour elle, c'était comme si le soleil s'était remis à briller et illuminait une nouvelle fois sa vie. Les nuages menaçants semblaient avoir définitivement disparu. Tout cela parce qu'un petit chien appelé Courage avait permis au capitaine de lui parler, non pas d'une façon cruelle et désagréable, mais de manière humaine.

Et elle devait ce miracle non seulement à Courage, mais aussi à la musique.

« Il comprend les mots qui passent au travers de mes notes ! pensa-t-elle. C'est extraordinaire ! »

Les deux jours suivants, Shenda se sentit aussi heureuse qu'avant la mort de son père.

Le capitaine paraissait heureux de la voir, de lui parler des livres qu'elle lui avait fait monter.

Il découvrit avec surprise qu'elle avait de grandes connaissances dans le domaine de la peinture. Ils confrontèrent leurs points de vue, le capitaine préférant certains artistes, et Shenda en défendant d'autres. La discussion fut enflammée tant ils étaient tout deux passionnés par le sujet.

Le second matin, dès qu'elle eut fini son bandage, elle lui donna sa boisson aux feuilles de *Maidenhair*. Puis ils continuèrent à parler d'art jusqu'à ce que le soleil fût haut dans le ciel.

A ce moment-là, Courage s'impatienta. Il voulait aller courir dans le jardin. Il se posta devant la porte en couinant.

— Il sait se faire comprendre ! dit Shenda. Je vais devoir le sortir.

Le capitaine se réjouit de la grande forme et de l'intelligence du terrier.

— Je ne comprends pas comment quelqu'un a pu vouloir se débarrasser d'un chien si magnifique ! s'exclama-t-il.

— Nous avons de la chance de l'avoir recueilli, reconnut Shenda. Même s'il nous oblige à interrompre ce débat passionnant. Mais n'ayez crainte, je reviendrai dès que possible !

Sans attendre la réponse du capitaine, elle entraîna Courage vers le jardin.

Comme elle l'avait promis, elle revint quelques minutes plus tard.

A sa grande surprise, elle trouva le capitaine assis près de la fenêtre.

— Vous vous êtes levé ! s'exclama-t-elle.

— J'ai bien essayé de dire au capitaine qu'il était encore trop tôt pour quitter son lit, se plaignit Higgins, mais quand il a une chose dans la tête, il est impossible de l'arrêter.

— Je me sens très bien, assura le capitaine alors que Shenda s'approchait de lui. Je voulais m'assurer que j'avais toujours des jambes ! Ne vous inquiétez pas. Je suis bien installé ici, et je respire l'air frais.

— Je vous avais bien dit que les feuilles de *Maidenhair* faisaient des miracles ! J'espère que le duc vous rendra visite aujourd'hui. Il serait très heureux de voir que vous vous êtes levé.

— En attendant, peut-être pourrions-nous continuer notre discussion. Si nous reprenions le livre sur les sculptures ?

Shenda saisit l'un des ouvrages posés sur une petite table et le donna au capitaine.

— Pourriez-vous me trouver la gravure représentant cette Vénus romaine dont nous parlions hier soir ? demanda celui-ci. J'aimerais la comparer à la Vénus de Milo qui est également représentée dans cet ouvrage. Vous serez bien obligée d'admettre que cette dernière est bien supérieure.

Ils débattirent sur ce sujet avec passion, et Shenda songea que cela était plus bénéfique au bon rétablissement du capitaine que toutes les médications. A ce rythme, il serait probablement bientôt complètement guéri.

Comme s'il lisait dans ses pensées, il lui dit :
— Ce n'est plus qu'une question de jours, maintenant, avant que je puisse me lever. Je pourrais peut-être même bientôt être en mesure de remonter sur un cheval.
— J'ai entendu dire qu'il y avait un bois très à la mode, non loin d'ici, où se promènent de très belles ladies, dans de petites voitures luxueuses...
— C'est vrai, répondit le capitaine, mais pour l'instant, vous n'aurez pas le loisir de vous y rendre, car il vous faut veiller sur moi.
— Oh mais je ne pensais pas à moi ! s'exclama Shenda. J'imaginais que vous pourriez aller y chevaucher, vous y montrer.
— Je crois que j'aurai mieux à faire ! répliqua le capitaine.
Shenda lui sourit.
— Pensez-vous rejoindre l'armée du duc, à Cambrai ?
Une expression de surprise se dessina sur le visage du capitaine. Il y eut un long silence, puis il répondit :
— Je n'ai pas encore pris ma décision.
Il hésita un instant avant de proposer :
— Maintenant, si vous le voulez bien, reprenons notre conversation sur la peinture. Nous parlions hier de Michel-Ange, pensez-vous vraiment que l'on puisse peindre les chevaux mieux que cet artiste ?
— En effet. Je trouve que d'autres ont su en réaliser de plus beaux ! répliqua Shenda avec provocation.
Ils s'affrontèrent sur ce sujet quelque temps, jusqu'à ce que Shenda lève les bras au ciel en disant :
— Très bien ! Très bien ! Vous avez gagné. Mais

ce n'est pas du jeu, parce que vous avez beaucoup plus de connaissances que moi en la matière. Je suis désavantagée !

— En d'autres termes, vous capitulez, remarqua le capitaine. C'est d'ailleurs ce que vous avez de mieux à faire !

— Pourquoi ? Parce que je suis une femme ? demanda innocemment Shenda.

Elle sut immédiatement qu'elle n'aurait jamais dû poser cette question.

Il y eut soudain comme un voile devant les yeux du capitaine.

Puis il dit, d'une voix plutôt contrariée :

— La réponse est que je suis plus vieux, plus avisé, et que j'ai plus d'expérience que vous.

6

Deux jours plus tard, accompagné de Shenda, le capitaine fit sa première sortie dans le jardin. Courage sautait de joie, tout heureux de se trouver là avec celui qu'il considérait visiblement comme son nouveau maître.

— Je crois que je ne peux plus prétendre être sa maîtresse, marmonna Shenda avec regret.

— Pour le moment, je vous propose de le partager ! répliqua le capitaine, comme pour la consoler.

Ils marchèrent jusqu'à un petit banc, situé à l'ombre d'un arbre. Le capitaine s'y assit.

— C'est un très beau jardin ! dit-il.

— Cela a l'air de vous surprendre ! répliqua Shenda. Pourquoi ? Parce qu'il est en ville ?

— Peut-être. Et puis, le vicomte étant absent de Paris, il aurait pu économiser sur les domestiques les moins indispensables ; comme les jardiniers par exemple. Comme le diraient les Ecossais : « Les Français ne savent pas quoi faire de leur argent ! »

Shenda se laissa emporter par le rire. Puis reprenant un ton sérieux, elle dit :

— Je crois plutôt qu'ils apprennent à devenir économes en ce moment. La guerre les a appauvris. Elle a rendu de nombreux riches misérables, et les pauvres, plus démunis qu'ils ne l'étaient auparavant.

Le capitaine haussa les épaules, en signe d'impuissance.

— Je le sais, soupira-t-il. Nous y avons tous laissé des plumes. Et lorsque je rentrerai chez moi, j'aurai sûrement un tas de problèmes à régler.

Shenda était curieuse de savoir à quoi ressemblait sa maison. Il en parlait comme s'il était propriétaire d'un comté.

Elle aurait aimé en savoir plus, mais elle savait qu'il détestait répondre aux questions, et elle prenait bien garde d'éviter de lui en poser.

Ils entamèrent une nouvelle discussion sur la peinture. Quels étaient les artistes qui rendaient le mieux leur beauté aux fleurs ? Chacun avait son maître favori, et ils se chamaillèrent à nouveau sur ce sujet.

Mais Shenda restait préoccupée par la santé de son patient. N'était-ce pas trop tôt pour sortir si longtemps ? Quand il voulut se lever et aller jusqu'au bout du jardin pour voir les écuries, elle l'en empêcha :

— Je pense qu'il est temps que nous rentrions à la maison.

— Si c'est pour aller me remettre au lit, alors je refuse ! protesta le capitaine.

— Je voulais juste vous éviter une trop grande fatigue, pour cette première sortie, murmura la jeune fille. Mais je pense que demain, si vous êtes d'accord, nous pourrons aller faire une petite promenade sur les bords de la Seine. J'aimerais vous montrer l'endroit où j'ai trouvé Courage, et aussi admirer de nouveau ce fleuve si romantique.

Le capitaine ne répondit pas. Shenda hésita un instant. Peut-être n'aurait-elle pas dû faire une telle suggestion ? Sans doute avait-il d'autres projets ?

— Bien sûr, reprit-elle rapidement, si vous préférez y aller seul, ou encore rendre visite à l'un de vos amis, je resterai à la maison.

A sa grande surprise, le capitaine lui sourit.

— N'ayez crainte, mon mutisme ne visait pas à vous écarter de mon emploi du temps ! la rassura-t-il. Je me demandais simplement si nous ne pourrions pas trouver une activité plus amusante. Aller à l'opéra par exemple, ou bien, comme nous en avons tant parlé, visiter le Louvre.

— Vous oubliez que vous êtes convalescent. Je sais pourtant à quel point cela vous ferait plaisir, et je vous avoue qu'aller au Louvre serait pour moi un enchantement ; mais en tant qu'infirmière, je dois m'y opposer. C'est encore trop tôt, et ce ne serait pas sage.

— Qui vous a dit que je l'étais ? répliqua le capitaine. Je compte bien décider moi-même de ce qui est bon ou mauvais pour moi. Je n'ai pas d'ordres à recevoir !

— Si je comprends bien, s'exclama Shenda avec audace, je n'ai pas mon mot à dire ! Tous mes conseils restent lettre morte et il est impossible de vous faire entendre raison!

— Vous savez bien que non! Vous arrivez toujours à me convaincre par votre musique. Je perçois très bien dans vos notes les reproches que vous me faites. Les mélodies me parlent mieux que les mots. Grâce à elles, vous avez plus d'emprise sur moi que vous ne le croyez.

Shenda leva les mains en signe de protestation.

— Je ne vous ai jamais fait aucun reproche! dit-elle. Et croyez bien que je suis confuse si vous en avez perçu dans ma musique, car je n'ai pas voulu les y mettre.

Le capitaine se mit à rire.

— Cessons donc ces chamailleries, proposa-t-il, et rentrons à la maison. Ce n'est pas que je sois fatigué, mais j'ai très envie de vous entendre jouer.

Shenda lui sourit.

— Vous allez vous remettre au lit? demanda-t-elle.

— Sans doute, répondit le capitaine. Mais si j'entends dans votre mélodie comme un air de triomphe, je ne vous laisserai pas gagner si facilement et je me relèverai immédiatement!

— Je suis certaine qu'Higgins parviendra, d'une manière ou d'une autre, à vous en empêcher.

Ils rirent tous deux en marchant vers la maison.

Le capitaine monta doucement les marches qui conduisaient à sa chambre. Il était visiblement plus fatigué qu'il ne le prétendait.

Shenda alla dans la bibliothèque lui chercher d'autres livres sur la peinture, songeant qu'elle pourrait ainsi confronter une nouvelle fois ses idées avec les siennes. Elle trouvait leurs discussions passionnantes, et éprouvait un vif plaisir quand elle parvenait à le convaincre de la qualité d'un artiste qu'il n'appréciait pas.

Elle avait pris le parti de s'opposer systématiquement à ses thèses, ce qui rendait la conversation d'autant plus intéressante.

Elle venait juste d'empiler quelques livres sur la table lorsque Higgins apparut.

— Il y a un gentleman qui est arrivé, mademoiselle Linbury. Il dit être un grand ami du vicomte et prétend avoir l'habitude d'habiter chez lui quand il vient à Paris.

— Est-ce qu'il veut s'installer ici aujourd'hui? demanda Shenda, surprise.

— Il l'exige! souffla Higgins. Je ne savais pas quoi faire et je lui ai dit que je devais d'abord vous en parler.

— Très bien, je vais le voir, décida Shenda.

Elle laissa ses livres et suivit Higgins.

— Il s'est présenté comme le comte de Solyne! précisa le domestique.

En traversant le grand couloir, Shenda se demanda s'il fallait accepter que les amis du vicomte viennent séjourner dans la maison. Le duc avait dû laisser des instructions pour cela, mais elle n'en avait pas connaissance.

Le visiteur attendait dans le petit salon, face à la porte d'entrée. Elle y pénétra et trouva un homme très élégamment vêtu, d'environ trente-cinq ans.

Higgins se chargea de la présenter:

— Voici Mlle Linbury, monsieur. Elle est chargée de soigner le capitaine Worth, pour qui le duc de Wellington a loué cette demeure, jusqu'à sa guérison.

— J'espère que, grâce à vous, le capitaine sera remis rapidement sur pied, mademoiselle, dit le comte. Comme je l'expliquais à ce domestique, j'ai l'habitude de m'installer ici lorsque je séjourne à Paris, et je sais que mon ami le vicomte serait désolé si vous me refusiez l'hospitalité.

— Combien de temps pensez-vous rester, monsieur ? demanda Shenda.

— Je ne pense passer qu'une seule nuit, dit fièrement le comte. Ou peut-être un peu plus si certains de mes amis sont revenus dans la capitale. Tous l'avaient désertée lors de mon dernier passage.

— Eh bien, nous allons faire tout notre possible pour vous recevoir aussi dignement que l'exige votre rang, annonça Shenda.

Le comte la remercia, et elle monta immédiatement raconter cela au capitaine.

Il était couché, et comme d'habitude, Courage était sur le lit, allongé à côté de lui.

— Que se passe-t-il ? demanda-t-il alors que Shenda entrait dans sa chambre. Higgins avait à peine terminé de me faire les soins quand un valet de pied est venu l'avertir qu'il y avait un visiteur au rez-de-chaussée.

— Je viens juste de lui parler, expliqua Shenda. Il s'agit du comte de Solyne, un ami du propriétaire de cette maison. Il a l'habitude de séjourner ici lorsqu'il passe à Paris.

— Eh bien, il faudra qu'il change ses habitudes ! J'ai payé la location de cette maison assez cher, il n'a pas à venir s'imposer parmi nous ! trancha le capitaine.

— Ce n'est que pour une nuit, murmura Shenda. J'ai donc pensé qu'il serait idiot de l'envoyer à l'hôtel. Nous avons une demi-douzaine de chambres vides, uniquement à cet étage.

Le capitaine se mit à rire.

— Vous êtes bien généreuse avec mon argent !

— S'il ne dîne pas ici, cela ne vous coûtera rien! Excepté le nettoyage de ses draps, lorsqu'il s'en ira.

— Je vois que vous avez encore l'intention de polémiquer avec moi! ironisa le capitaine. Si c'est le cas, je préfère que vous le fassiez en musique!

Shenda lui sourit.

— Je vais finir par croire que vous comprenez mieux le langage musical que celui des mots! lança-t-elle en se dirigeant vers le boudoir.

Elle s'assit au piano, et grâce aux notes, elle lui exprima à quel point elle était heureuse qu'il ait pu sortir admirer les fleurs et les arbres du jardin, et puis écouter le chant des oiseaux.

Elle joua ainsi pendant presque une heure.

Puis elle descendit prendre le thé dans le petit salon. Elle n'eut aucun signe du comte.

Vers six heures, elle remonta dans le boudoir et joua de nouveau pour le capitaine.

Ensuite, elle vint inspecter sa blessure. Il n'était plus nécessaire de la bander. Elle insista néanmoins pour y étaler de la crème.

— Il se laissa faire.

— A part la cicatrice, fit remarquer la jeune fille, vous ne garderez aucune séquelle de cet accident. Vous avez eu vraiment beaucoup de chance que l'os ne soit pas touché.

— Mon omoplate est encore un peu ankylosée, répondit le capitaine, mais elle ne me fait plus souffrir.

— Ce qui est important, répliqua Shenda, c'est de savoir si votre sortie dans le jardin ne vous a pas trop fatigué.

— Honnêtement, je peux vous assurer que je ne me sens pas plus épuisé que les autres soirs.

— Alors vous pouvez dire merci au *Maidenhair*,

dit doucement Shenda. J'espère que vous aurez la sagesse de continuer à en prendre chaque jour, même lorsque vous serez guéri.

— Si c'est à cela que je dois ma santé retrouvée, je ne manquerai pas de suivre votre conseil, promit le capitaine. Soyez sûre que de retour chez moi, je ferai planter immédiatement un de ces arbres dans mon jardin.

— Ils sont malheureusement difficiles à trouver en Grande-Bretagne. N'oubliez pas que mon père a dû aller jusqu'en Chine pour nous en ramener un ! C'est une espèce très rare, qui a la réputation de vivre plus de deux millions d'années.

— Deux millions d'années ! Eh bien, même si ses feuilles font des miracles, je crois que je finirai par mourir avant lui !

Ils rirent de concert.

Shenda se dirigea alors vers la porte pour sortir.

— Revenez me voir après dîner, proposa soudain le capitaine, j'ai trouvé dans un livre quelques gravures magnifiques. J'aimerais que nous en discutions.

— C'est d'accord ! répondit la jeune fille. Mais j'ai peur qu'à mon retour, vous soyez déjà endormi.

— Seriez-vous prête à le parier ? demanda le capitaine.

— Non ! répliqua Shenda. Car je sais que vous seriez alors si déterminé à gagner votre pari, que vous feriez tout pour rester éveillé. Or, vous avez effectué aujourd'hui votre première sortie, et vous devez vous reposer !

— Pour éviter de dormir, je pourrais simplement prendre un verre supplémentaire de votre potion magique ! dit le capitaine. Cela suffirait à me garder éveillé toute la nuit.

— Je vous conseille de ne pas crier victoire trop tôt. « Amélioration » ne veut pas dire « guérison ». Et les rechutes peuvent être parfois fatales.

— Qui ne risque rien n'a rien ! répliqua le capitaine.

— Je dois aller me préparer pour le dîner, fit Shenda en se dirigeant vers le boudoir. Je pense qu'Higgins ne devrait pas tarder à vous apporter le vôtre.

Elle ferma la porte derrière elle.

Dans un jour ou deux, le capitaine pourrait probablement descendre prendre ses repas avec elle, dans la petite salle à manger qui donnait sur le jardin.

Depuis qu'elle était toute petite, elle avait l'habitude de se changer pour aller dîner, et à présent, elle continuait à le faire chaque soir, même si elle mangeait seule et montait directement se coucher après le dessert.

Aujourd'hui, une nouvelle tenue s'imposait puisqu'elle avait promis de venir dire bonsoir au capitaine avant de se mettre au lit.

Elle choisit donc ses vêtements avec plus d'attention que les soirs précédents, et finit par se décider pour une robe assez simple, que son père aimait beaucoup. Elle était d'un bleu pâle, assortie à ses yeux, et rendait à sa peau un éclat tout particulier.

Elle se coiffa également, comme aimait feu lord Linbury, d'une manière moins austère que lorsqu'elle se grimait en infirmière.

Au moment où elle sortait de sa chambre, Higgins montait les marches de l'escalier.

Il portait le dîner du capitaine sur un plateau, et

elle se mit de côté pour le laisser passer. Arrivé à sa hauteur, il s'arrêta.

— Le comte que nous hébergeons nous a prévenus, il y a à peine une heure, qu'il souhaitait dîner ici. Le chef a été un peu pris de court, et le repas ne sera pas prêt avant dix minutes.

Shenda accueillit cette nouvelle avec surprise. Elle ne s'attendait pas à devoir manger avec le comte. Elle avait même complètement oublié son existence.

Elle descendit et le trouva dans le petit salon, près de la cheminée. Il s'était changé lui aussi, et portait un costume de soirée très élégant. Alors qu'elle s'approchait de lui, il la dévisagea :

— Je suis ravi de partager mon dîner avec une si charmante petite lady !

Il avait bien entendu parlé en français, et Shenda lui répondit dans la même langue :

— Je pensais, monsieur, qu'en raison de votre court séjour à Paris, vous dîneriez avec vos amis.

— En réalité, celui que j'étais venu spécialement voir m'a fait faux bond pour la soirée, mais peu m'importe, mademoiselle. Puisque c'est avec vous que je vais prendre ce repas, je peux constater que je n'y perds pas au change, loin de là.

Il avait du champagne à la main et insista pour que Shenda en prenne une coupe.

— Je compte m'amuser durant mon séjour dans la capitale, comme je le fais toujours d'ailleurs ! ajouta-t-il. D'habitude, le vicomte organise une fête en mon honneur.

— C'est très gentil à lui, répondit Shenda. Je suis désolée de ne rien pouvoir vous offrir de tel ce soir.

— Je serais bien ingrat de préférer une réception à un dîner en tête-à-tête avec une ravissante jeune lady, digne de Vénus, la déesse de l'amour.

Shenda constata que la réputation de beaux parleurs et de flatteurs des Français n'était pas exagérée.

Curieuse, elle demanda au comte s'il était encore célibataire. Elle apprit alors qu'il était marié et père de deux enfants. Mais ceux-ci ne semblaient pas l'intéresser particulièrement.

Quand ils se mirent à table, elle lui posa d'autres questions.

Elle sut ainsi que son mariage avait été arrangé lorsqu'il était très jeune. Sa femme, en conclut-elle, avait dû lui apporter une forte dot.

Il possédait à présent un château que tout le monde admirait.

— Est-ce que vous venez souvent à Paris ? lui demanda Shenda.

— Avant la guerre, je passais plus de temps ici que chez moi, avoua le comte. Et maintenant que nous avons de nouveau la paix, j'espère bien retrouver les joies que m'a toujours procurées la capitale.

Il se pencha vers elle.

— Les joies que me procurent généralement les jolies femmes comme vous, ajouta-t-il à voix basse.

Shenda se crispa.

— Vous êtes très flatteur, monsieur ! dit-elle d'un ton sévère. Mais en Grande-Bretagne, on ne dit pas ces choses à une jeune fille.

L'homme se mit à rire.

— Vous êtes soudain bien timide, mademoiselle. Si vous cherchez à vous échapper, je vous promets de courir assez vite pour vous rattraper.

Shenda préféra ne pas s'attarder sur ce sujet.

— J'aimerais en connaître un peu plus sur votre famille, s'enquit-elle.

— Oh, ma famille, je ne la vois que trop, et je n'ai pas l'intention de m'étendre sur ce sujet, répondit le Français. Si nous parlions plutôt de vous !

Il se pencha en prononçant ces derniers mots, et aurait effleuré sa main si elle ne l'avait pas retirée rapidement.

Il était évident qu'il lui faisait des avances. C'était la première fois qu'elle se trouvait dans une telle situation, elle n'avait aucune expérience dans ce domaine, et elle ne savait pas vraiment comment repousser cet homme sans se montrer inconvenante.

— Je suis sûre, lui dit-elle pour le décourager, que vous faites les mêmes compliments à toutes les femmes que vous rencontrez.

— Seulement aux plus belles ! rectifia le comte. Et vous êtes sûrement la plus ravissante de toutes. Votre teint anglais et vos jolis yeux bleus sont charmants. Je crois que vous êtes celle que je cherchais depuis toujours.

Les domestiques apportèrent le dernier plat. Comme ceux qui avaient précédé, il était très appétissant. Il était évident que le chef était tout heureux de pouvoir montrer ses talents. Le repas dans son ensemble avait été particulièrement délicieux, bien plus que ceux que Shenda avait pris seule les jours précédents.

A la fin du dîner, le maître d'hôtel annonça que le café serait servi dans le petit salon.

Shenda se leva. Elle pensait que le comte resterait à table, comme cela se faisait en Angleterre, pour boire un verre de porto.

Cependant, en France, la règle voulait que les

hommes quittent la pièce en même temps que les dames. Le comte la suivit donc au salon.

Il lui apparaissait difficile, à présent, de lui fausser compagnie.

Le salon était vraiment joli, sous la lueur des bougies. Les domestiques avaient disposé çà et là des bouquets de fleurs, comme elle le leur avait suggéré. Cela avait effacé l'ambiance austère qui régnait dans la pièce le jour de son arrivée.

Elle but son café et refusa une liqueur, tandis que le comte commanda un grand verre de brandy.

Quand les valets quittèrent la pièce, il vint s'asseoir près d'elle, sur le sofa.

— Vous êtes absolument ravissante ! chuchota-t-il. J'ai toujours pensé que les Anglaises étaient fades, mais, en vous voyant, je dois vous avouer que j'ai totalement changé d'avis. Votre beauté est sans égale. De quoi voulez-vous que nous parlions ? De votre nez ravissant ? De votre regard enchanteur ?

— Je ne pense pas que ce sujet soit intéressant, monsieur. Je préférerais vous entendre évoquer votre château et les tableaux qui ornent ses murs.

Le comte se mit à rire.

— Vous êtes charmante ! Laissez-moi vous dire, ma chérie, qu'aucune de ses toiles n'égale votre joli minois.

Tout en parlant, il s'approcha un peu d'elle.

La jeune fille se leva d'un bond, traversa la pièce en direction de la fenêtre, et ouvrit les rideaux. Sous la pâle lumière de la lune, les arbres et les fleurs du jardin semblaient d'argent.

Par la fenêtre entrouverte, un filet de vent frais vint caresser les cheveux de la jeune fille. Le comte la rejoignit.

— Désirez-vous aller marcher dans le jardin ?

lui demanda-t-il. Vous seriez superbe au clair de lune. Mais votre beauté illumine également ce salon. Vous avez la pureté d'une fleur encore en bouton.

— Vous feriez bien de cesser de m'importuner, monsieur, ou bien je vous quitte et je monte me mettre au lit.

— Je vous supplie de ne pas partir ! s'exclama le comte.

— Je veux bien rester, murmura Shenda, mais si vous me promettez de ne plus me parler comme vous le faites depuis tout à l'heure. De toute manière, je ne crois pas un mot de ce que vous dites !

— Pourquoi ? demanda le comte.

— Parce que les Français sont de beaux parleurs, mais ils ne sont pas sincères.

— Pourtant je vous assure que je le suis ! s'offusqua le comte. Vous êtes vraiment très jolie, et nous sommes seuls au monde, ici, personne ne peut nous surprendre !

Il s'était approché tout près d'elle.

Au grand soulagement de Shenda, la porte s'ouvrit brusquement. Un valet de pied vint débarrasser les tasses à café.

Elle ferma la fenêtre et tira les rideaux. Puis elle traversa de nouveau la pièce pour aller s'asseoir, non pas sur le sofa, où le comte aurait pu venir la rejoindre, mais dans un fauteuil.

Il la suivit et s'apprêtait à lui parler quand Higgins entra.

— Je viens vous prévenir, mademoiselle Linbury, que le capitaine s'est endormi, et que j'ai donc enfermé Courage dans votre chambre.

— C'est très gentil à vous, remercia Shenda. Notre petite promenade dans le jardin a dû épuiser le capitaine, et le sommeil ne pourra lui faire que du bien. Je vais bientôt monter me coucher, moi aussi, il commence à se faire tard.

Higgins les laissa, et dès que la porte fut close, le comte s'empressa de continuer son numéro de charme :

— Nous voici enfin seuls, et maintenant, il n'y a plus de raison que nous soyons dérangés. Venez donc vous asseoir à côté de moi. Je vous dirai à quel point vous me plaisez.

— Je vous ai déjà dit que ce sujet ne m'intéressait pas. Et puis j'ai eu une longue journée, et comme mon patient, je meurs de fatigue.

Elle se leva et ajouta :

— Je vous prie de m'excuser, monsieur, mais je n'ai pas l'habitude de veiller si tard.

— Alors vous avez raison, dit-il. Vous devez aller vous coucher. Une fois allongée, je suis sûre que, comme Vénus, de petits anges viendront autour de vous interpréter des chansons d'amour.

Shenda se mit à rire.

— C'est peu probable. Mais peut-être viendront-ils en effet hanter mes rêves ?

Il y avait une expression dans les yeux du comte qui la mit mal à l'aise.

— Bonsoir monsieur, dit-ellc d'une voix un peu inquiète en se dirigeant vers la porte.

— Au revoir, ma chérie ! lui susurra-t-il alors qu'elle se précipitait dans le hall.

Elle monta quatre à quatre les marches de l'escalier.

Lorsqu'elle arriva devant la porte de sa chambre, un valet sortit de celle d'en face, celle qui avait été mise à la disposition du comte.

Précipitamment, elle se glissa dans ses appartements.

Dès qu'il la vit entrer, Courage descendit du lit pour venir lui faire la fête. Elle se baissa pour le caresser. Il était visiblement content de la revoir.

Le petit chien semblait ravi de l'entendre lui parler alors qu'elle se déshabillait.

Ensuite, elle souffla les bougies sur la coiffeuse, ne laissant allumées que celles qui éclairaient son lit.

Elle était sur le point de se coucher quand Courage émit un grognement inhabituel. Elle se tourna vers lui et constata qu'il regardait en direction de la porte.

Il grogna une nouvelle fois. Shenda comprit que quelqu'un se trouvait à l'extérieur. Elle se souvint alors qu'elle n'avait pas verrouillé la porte, et que la clef était restée sur la serrure, du côté extérieur.

Courage commençait maintenant à montrer les dents. La jeune fille repensa soudainement aux derniers mots du comte : « Au revoir, ma chérie ! »

Il ne faisait pas de doute qu'il était maintenant derrière la porte.

Elle fut soudain prise de panique.

Sans réfléchir, elle se précipita dans le boudoir. Les rideaux n'étaient pas tirés, et le peu de luminosité qui perçait à travers la fenêtre lui permit de trouver son chemin dans la pénombre.

Elle perçut la voix du comte venir de sa chambre, mais elle n'entendit pas ce qu'il disait. L'appelait-il, songeant qu'elle s'était cachée, ou bien jurait-il, constatant que la pièce était vide ?

Elle n'avait plus qu'une idée en tête à présent : s'enfuir loin de lui.

Sans hésiter davantage, elle ouvrit la porte de la chambre du maître. Un grand chandelier, à côté du lit, éclairait toute la pièce. Elle la traversa rapidement, suivie du petit chien. Au moment où elle s'approchait du lit, elle constata que le capitaine ne dormait pas.

Il était assis, le dos appuyé contre son oreiller, et il lisait. Il la regarda s'approcher avec un air de surprise.

A bout de souffle, et prise de tremblements, elle parvint à balbutier :

— Le... le comte est dans ma chambre. J'ai peur... terriblement peur !

Avant que le capitaine ait pu dire un mot, Courage avait grimpé sur le lit et essayait de lui lécher le visage.

Au même moment, le comte entra par la porte de communication.

Il portait une robe de chambre, et s'avançait, l'air malsain et le regard inquiétant.

— Où êtes-vous, ma belle ? demanda-t-il en français. Inutile de vous cacher car je saurai vous retrouver !

Il avait la voix d'un homme ivre, et Shenda songea immédiatement au grand verre de brandy qu'il avait commandé dans le salon, et à tout le vin qu'il avait bu à table.

— Où êtes-vous ? répéta-t-il en traversant la pièce d'un pas mal assuré.

Puis il vit le capitaine assis sur son lit avec Courage à ses côtés.

Shenda s'était accroupie derrière le lit.

Pendant un moment, les deux hommes s'observèrent en silence. Puis le capitaine dit en français :

— De quel droit êtes-vous entré ici, monsieur ? Je vous ordonne de sortir immédiatement.

— Je suis à la recherche d'une ravissante jeune femme qui vient de m'échapper ! répliqua le comte. Elle a sans doute voulu attiser mon désir en jouant à cache-cache avec moi, et je n'ai pas l'intention de la perdre.

— Je ne sais pas de quoi vous parlez ! gronda le capitaine. Mais si vous ne disparaissez pas immédiatement, alors je serai contraint de sonner le valet pour qu'il vienne vous jeter dehors.

Malgré son ton sans appel, le comte l'ignora. Il scrutait tout autour de lui, à la recherche de la jeune fille.

— Oh ! Vous êtes là ! s'exclama-t-il en la découvrant, tapie derrière le lit. Maintenant, ma chérie, laissez-moi vous ramener dans votre chambre où je pourrai vous dire à quel point vous me plaisez.

Shenda ne répondit pas.

Le capitaine s'interposa et ordonna d'un ton ferme :

— Sortez immédiatement d'ici, monsieur, où je me verrai obligé de vous y contraindre.

Il ouvrit alors le tiroir de sa table de nuit, en sortit un revolver et le pointa sur le comte :

— Partez ou je tire !

Le comte resta immobile.

— Dehors ! hurla le capitaine. Si vous ne disparaissez pas immédiatement, vous risquez de le regretter !

Il agitait son pistolet en direction du comte. Celui-ci, comprenant tout à coup ce qui arrivait, eut un mouvement de recul. Puis, sans demander son reste, il s'enfuit rapidement par la porte qui donnait sur le couloir.

Comme s'il avait compris que cet homme n'avait rien à faire ici, Courage sauta du lit et le poursuivit en aboyant.

Pendant un moment, ni le capitaine ni Shenda ne bougèrent.

Puis la jeune fille tenta avec difficulté de se relever. Le capitaine la regarda d'un mauvais œil.

— Je suppose que c'est à cause de vous qu'il est entré ici ! Vous êtes comme toutes les femmes ! Vous ne pouvez pas laisser les hommes tranquilles ! S'il vous a fait peur, vous l'avez bien mérité !

Il avait parlé sur un ton méprisant.

— Ce... ce n'est pas vrai, murmura Shenda. Je n'ai pas...

— Partez, vous aussi ! ordonna le capitaine. Laissez-moi seul ! J'ai été fou de croire que vous pouviez être différente !

Il s'était exprimé de façon si violente que Shenda se sentit défaillir. Elle eut un gros soupir, fit demi-tour, et courut vers la porte de communication. Elle la referma derrière elle, s'y adossa, tentant avec difficulté de reprendre sa respiration.

De l'autre côté de la cloison, le capitaine jura :

— Maudites femmes ! Elles sont toutes les mêmes ! Toutes !

Sa voix était de plus en plus forte, de plus en plus dure.

Sentant un sanglot lui venir du fond du cœur, Shenda regagna sa chambre. Elle s'écroula sur son lit, cacha son visage dans son oreiller, et fondit en larmes. Elle pleurait avec désespoir, non seulement parce que le capitaine était en colère après elle, mais surtout parce qu'il lui semblait l'avoir perdu à tout jamais, lui et la joie qu'elle éprouvait à ses côtés.

Elle pleura longtemps, sachant qu'elle ne pourrait jamais s'expliquer devant le capitaine sur ce qui s'était réellement produit... tout simplement parce qu'il refuserait de l'écouter.

Plus tard, une fois qu'elle fut un peu calmée,

elle comprit qu'elle ne pourrait supporter de le revoir. A présent, il la détestait comme il détestait toutes ses semblables.

Il lui fallait partir.

Elle se leva, alluma les bougies, et commença à plier ses vêtements.

Ses malles étaient justement dans le dressing attenant à sa chambre. Elle y empila ses robes, et tous ses objets personnels, ne gardant avec elle que la tenue avec laquelle elle était arrivée. Enfin, elle empaqueta ses affaires de toilette, disposées sur la coiffeuse.

Quand elle eut terminé, il faisait encore nuit dehors. Elle se remit au lit, mais il lui fut impossible de trouver le sommeil.

Elle ne pouvait s'empêcher de penser à la fureur du capitaine quand il lui avait demandé de partir. Elle n'avait pas osé, alors, soutenir son regard.

« Comment a-t-il pu imaginer un seul instant que je puisse vouloir séduire un homme comme le comte ? » se demanda-t-elle.

En fait, il la détestait simplement parce qu'elle était une femme. Une autre l'avait trahi, et c'était elle qui payait pour cette trahison.

Elle se souvint néanmoins des bons moments qu'ils avaient passés ensemble, lorsqu'ils discutaient de peinture. Il lui semblait qu'aucun homme n'était plus sensible que lui. Ses goûts étaient sûrs, ses jugements intelligents, et durant les heures qu'elle avait passées avec lui, elle s'était sentie plus heureuse que jamais.

« Je... je l'aime ! » s'avoua-t-elle tout bas.

Tout devenait clair, maintenant, dans son esprit. C'était l'amour qui l'animait quand elle jouait du piano pour lui, et c'était aussi ce sentiment magique qui lui donnait cette sensation de bien-être. Chaque jour passé aux côtés du capitaine avait été plus beau que le précédent. Le temps avec lui s'était écoulé sans qu'elle s'en rendît compte.

Elle avait rapidement eu de l'affection pour lui. D'abord parce qu'il avait été blessé au combat et mal soigné par les docteurs français, et ensuite parce qu'elle n'avait eu aucun mal à découvrir sa seconde blessure : celle laissée à son cœur par une femme.

Le capitaine avait mis du temps à accepter que Shenda pût être différente. Des liens s'étaient tissés petit à petit entre eux, et elle n'avait pas compris alors ce qu'elle ressentait réellement pour lui ; elle ne s'était pas aperçue qu'il lui avait pris son cœur.

« Je l'aime ! Je l'aime ! » pensa-t-elle.

Pourtant, elle savait maintenant qu'elle ne le reverrait plus jamais.

Comme elle s'en voulait d'avoir fait renaître en lui son dégoût des femmes !

Elle, qui avait pourtant réussi à le convaincre de sa sincérité ! Ils avaient partagé leur passion pour la peinture, ils avaient ri ensemble, avaient confronté leurs idées...

Seulement, une femme avait fait bien plus de dégâts dans son cœur qu'une simple balle perdue lors de la bataille de Waterloo.

— Je l'aime ! Je l'aime ! sanglota-t-elle, désespérée. Je l'aime et je ne le reverrai plus jamais !

7

A huit heures moins le quart, Shenda entendit Higgins avancer dans le couloir. Il venait laver et raser le capitaine, avant que celui-ci ne prît son petit déjeuner. Elle tendit l'oreille, et dès que le domestique fut entré dans la chambre de son maître, elle se glissa dans l'escalier.

Deux valets étaient en poste dans le hall. Elle reconnut Pierre et s'adressa d'abord à lui :

— Appelez-moi un fiacre, vite !

Obéissant, le jeune homme se dirigea vers la porte d'entrée. Shenda se tourna alors vers l'autre valet :

— Mes deux malles sont dans ma chambre. Je vous prie de bien vouloir les descendre.

Le domestique s'exécuta immédiatement.

Elle savait qu'aucun de ces deux hommes ne lui poserait de questions. Elle avait évité de croiser Higgins, qui aurait sans doute essayé de la retenir.

Pierre ne tarda pas à lui trouver une voiture. Ses malles y furent rapidement entreposées.

Elle demanda au cocher de la conduire à la demeure du duc de Wellington, sur les Champs-Elysées. Lorsque les chevaux se mirent en route, elle lança un dernier regard derrière elle. Shenda était au bord des larmes. Elle ne reverrait jamais cet endroit où elle avait été si heureuse !

Devant la maison du duc se trouvait un beau carrosse, attelé de quatre chevaux. Le duc devait s'apprêter à quitter Paris.

Elle demanda à son cocher de descendre les

malles et de les poser devant la maison, puis elle fit sonner la cloche.

La porte s'ouvrit sur le majordome :

— Je voudrais parler au duc de Wellington, dit-elle. Je vous prie d'annoncer Mlle Linbury.

Le domestique sembla surpris de cette visite si matinale, mais sans poser de questions, il la conduisit dans le salon, près de l'entrée. Elle n'attendit pas plus de cinq minutes avant que le duc ne s'y présentât.

— Shenda ! s'exclama-t-il. Que faites-vous ici ? Qu'est-il arrivé ?

— Le... capitaine m'a renvoyée, bafouilla-t-elle.

Elle aurait voulu parler calmement, mais sa voix se cassait et des larmes inondaient ses yeux.

— J'étais en train de prendre mon petit déjeuner, dit le duc. Venez donc vous asseoir et me raconter tout cela !

Il lui parlait d'une voix douce et réconfortante afin de faire cesser ses sanglots. Une fois dans la salle à manger, il demanda au domestique de servir un petit déjeuner à Shenda. L'homme se rendit immédiatement en cuisine.

— Dites-moi ce qui s'est passé, demanda alors le duc.

Lentement, d'une voix fluette et mal assurée, Shenda narra l'arrivée de l'ami du vicomte. Elle expliqua au duc que, par souci de courtoisie, elle avait permis à cet homme de passer une nuit dans la maison où, apparemment, il avait ses habitudes. Elle décrivit ensuite son comportement, et la manière dont il lui avait parlé après le dîner.

— Cela ne m'étonne pas des Français ! commenta le duc.

Enfin, Shenda expliqua qu'elle avait oublié les clefs de sa chambre sur la porte, à l'extérieur, et qu'elle n'avait donc pu verrouiller celle-ci quand elle avait senti venir le danger.

Elle ne put continuer tant elle était secouée par les sanglots.

— Je peux facilement imaginer la suite, dit le duc. Le comte est entré dans votre chambre...

— Oui, mais il ne m'a pas trouvée, reprit Shenda. Je m'étais sauvée dans celle du capitaine pour lui demander de l'aide.

Avec beaucoup de difficultés, elle raconta au duc comment le capitaine avait courageusement repoussé le comte avec un revolver.

— Formidable ! s'exclama le duc. Et après, que s'est-il passé ?

— Après... le capitaine m'a accusée d'avoir encouragé cet homme à me faire la cour, et... il m'a demandé de partir ! balbutia Shenda.

Elle essuya ses yeux à l'aide d'un mouchoir, et resta silencieuse.

Le duc était dans l'embarras. Il était sur le point de s'embarquer pour l'Angleterre. Il ne pouvait évidemment pas laisser Shenda seule à Paris. Et il était trop tard pour trouver une autre personne à qui la confier.

Alors qu'elle séchait ses dernières larmes, il annonça :

— Je dois me rendre en Angleterre, car le Prince-Régent y donne une réception en mon honneur. La seule proposition que je puisse vous faire, c'est de m'y accompagner.

Shenda le regarda, interdite.

— Vous... vous y accompagner ?

Le duc sourit.

— Vous devez sans doute avoir peur que cela n'entache votre réputation, mais n'ayez crainte.

Dès que nous serons à Londres, je pourrai sans mal trouver des gens pour veiller sur vous.

Il réfléchit un instant, puis ajouta :

— Je crois d'ailleurs avoir déjà trouvé. Le duc et la duchesse de Richmond s'installeront avec moi à Aspley House. Ce sont deux de mes plus vieux amis. La duchesse sera sans doute ravie de vous servir de chaperon. Vous pourrez donc rester chez moi jusqu'à ce que nous ayons trouvé un endroit pour vous accueillir.

— Etes... êtes-vous sûr que je ne serai pas un poids pour vous ? Que se passerait-il si personne ne voulait de moi ?

— Si je considère le brio avec lequel vous avez soigné le capitaine, je pense que je n'aurai aucune difficulté à vous dénicher une place de garde-malade. Mais nous reparlerons de cela plus tard. En attendant, dépêchez-vous de prendre votre petit déjeuner, je ne voudrais pas trop tarder !

Le plateau de Shenda arriva juste à ce moment. Elle n'en grignota que quelques miettes, et but son café rapidement. Elle savait que le duc l'attendait.

— Je suis prête, dit-elle enfin. Vous êtes certain que vous ne regretterez pas de m'avoir emmenée ?

— Au contraire ! répondit le duc. Je serai ravi d'être en si charmante compagnie durant le voyage.

Il avait probablement dit cela par pure politesse, mais peu importe, ces mots la réconfortèrent.

Une fois ses malles montées dans le carrosse, Shenda s'assit sur le siège, à côté du duc.

Ils traversèrent la place de la Concorde, puis quittèrent Paris. Les chevaux allaient à vive allure, et ils ne s'arrêtèrent que très peu de temps pour déjeuner, sur le bord de la route.

Le soir, ils firent une halte dans un château dont les propriétaires s'étaient enfuis pendant la guerre, et qui avait été depuis réquisitionné par l'armée britannique.

Après avoir pris un dîner léger, le duc et Shenda montèrent se coucher.

— Je veux partir tôt, demain matin, précisa le duc. Vous pourrez vous reposer durant le voyage si vous manquez de sommeil. Il est de toute façon difficile de parler quand le carrosse prend trop de vitesse.

Shenda songea que c'était sans doute une manière polie de lui dire qu'elle était trop bavarde, et le jour suivant, elle prit bien garde de ne parler que lorsqu'il s'adressait à elle.

Il avait un grand nombre de documents à consulter et qui lui prenaient toute son attention. Quelquefois, il fermait les yeux, pour réfléchir et se concentrer sur un problème, ou pour dormir un peu.

Shenda n'avait encore jamais voyagé aussi rapidement.

A Calais, un navire de guerre britannique attendait pour ramener le duc à Londres.

Shenda adorait la mer et les bateaux, et celui-ci était particulièrement confortable. Cependant, elle se sentait triste, car en quittant la France, elle quittait également le capitaine.

« Je l'aime et je ne le reverrai plus ! » se répéta-t-elle inlassablement durant la nuit.

Le lendemain, en début d'après-midi, le navire atteignit Londres. Lentement, il se mit à quai.

Grâce à la légendaire organisation du duc, un fiacre les attendait pour les conduire à Aspley House. Shenda n'avait plus l'air trop affectée par ce qui s'était produit à Paris, elle semblait plus calme et ne pleurait plus. Le duc lui parla de ses amis, le duc et la duchesse de Richmond, à qui elle serait bientôt présentée.

— Le duc et la duchesse vivent à Bruxelles, et si je les héberge quand ils viennent à Londres, c'est qu'ils ont quelques difficultés financières en ce moment. Mais ce n'est pas étonnant, avec leurs quatorze enfants !

— Quatorze ! s'exclama Shenda.

— En effet ! Leur fils aîné, lord March, s'est battu à mes côtés, à Waterloo.

— Alors ce n'est plus un enfant, remarqua Shenda.

— Il l'est encore pour ses parents, contredit le duc.

Il songea, tout en disant cela, que leur fille, lady Georgiana, ne s'était jamais mariée. Elle était pourtant l'une des jeunes filles les plus admirées, tant à Bruxelles qu'à Londres. Malheureusement, elle n'avait d'yeux que pour lui-même et ne voulait entendre parler d'aucun autre homme.

Evidemment, le duc préféra éviter de parler d'elle à Shenda, et il espéra que Georgiana ne serait pas à Aspley House avec ses parents. Elle pourrait en effet se montrer jalouse d'apprendre que Shenda avait voyagé avec lui.

Shenda était très excitée à l'idée d'aller à Aspley House. Son père lui avait souvent parlé de cette maison, et la jeune fille l'imaginait impressionnante. Elle ne fut pas déçue. Le porche de l'entrée, avec ses hauts piliers, était majestueux. Aucune autre demeure n'aurait pu mieux convenir à un homme tel que le duc.

Le majordome qui ouvrit la porte s'inclina respectueusement à leur passage :

— C'est un plaisir de vous revoir, milord. Tout Londres se réjouit de votre retour.

— Il n'est malheureusement que provisoire, informa le duc. Mais c'est agréable de revenir chez soi. Qui est ici ?

— Le duc et la duchesse de Richmond sont arrivés hier après-midi, répondit le majordome. Et ils attendent la venue de lady Jane pour la réception de demain soir.

— Personne d'autre ? s'enquit le duc.

— Personne, milord.

— Mlle Linbury va s'installer ici, dit le duc. Vous demanderez à la gouvernante de lui préparer une chambre confortable et de veiller à ce que l'on s'occupe de ses bagages.

Il entra dans le petit salon où le duc et la duchesse de Richmond l'attendaient.

La duchesse poussa un cri de joie en le voyant et lui ouvrit les bras. Il l'embrassa affectueusement et tendit la main à son mari.

— Je constate que vous ne revenez pas seul, fit la duchesse avant qu'il ne pût s'expliquer.

— Laissez-moi vous présenter Mlle Shenda Linbury, dit le duc. Elle est venue à Paris pour soigner l'un de mes officiers malheureusement blessé à Waterloo. J'imagine que vous connaissiez son père, lord Linbury.

— Bien sûr ! s'exclama la duchesse. C'était un homme admirable ! C'est très courageux de votre part d'être allée à Paris, mademoiselle.

— A sa mort, lord Linbury m'a confié la charge de sa fille, confia le duc. Je l'ai alors placée chez cet officier blessé. Mais à présent, il est guéri, et j'ai donc ramené sa charmante infirmière à Londres. Il faudra que vous m'aidiez à lui trouver un nouveau point de chute, ma chère duchesse.

— Installez-la ici pour le moment, proposa celle-ci. La plupart des chambres sont vides ! Ainsi, elle pourra venir à la réception du prince.

— J'avais justement l'intention de passer le voir cet après-midi et de m'arranger pour que Shenda soit comptée parmi les invités.

La jeune fille ne s'attendait pas à cela.

— Oh... vous êtes sûr ? demanda-t-elle. Je ne voudrais pas que le prince soit ennuyé de ma présence...

— Il ne le sera nullement, la rassura le duc. Il aimait beaucoup votre père et je suis sûr qu'il sera ravi de vous rencontrer.

— Les jolies demoiselles sont toujours les bienvenues à Carlton House, ajouta le duc de Richmond. Comme dans cette maison, d'ailleurs.

— Je dois partir, maintenant, annonça le duc de Wellington. A mon retour, inutile de vous dire que Shenda et moi serons affamés. Nous sommes devenus des gastronomes exigeants. La nourriture en France était excellente, et celle préparée à bord des navires de la flotte britannique peut-être encore meilleure.

La duchesse s'approcha de Shenda.

— Suivez-moi ! lui dit-elle. Je vais vous faire visiter votre chambre, puis choisir avec vous la robe que vous porterez demain soir, à la réception de Carlton House.

— J'ai peur de ne pas avoir de tenue assez élégante, lui souffla Shenda en montant les marches. Jusqu'à la mort de mon père, je vivais à la campagne. Et lorsque je suis partie pour la France, je n'ai emporté que le strict nécessaire.

— Je comprends, dit doucement la duchesse.

— Pour être honnête, continua Shenda, je pense que je n'ai aucune tenue qui puisse convenir.

La duchesse réfléchit un instant, puis son visage s'épanouit :

— Je vais pouvoir vous aider ! dit-elle. J'ai ici une robe qui appartient à l'une de mes filles. C'est en fait une robe de mariée. Je l'ai apportée à Londres pour faire quelques retouches. Elle vous ira à ravir !

— Vous me faites beaucoup d'honneur, balbutia timidement Shenda. Je ne sais pas si je le mérite. Pensez-vous vraiment que ce soit une bonne idée que de demander à Son Altesse Royale de m'inviter ?

La duchesse sourit.

— Vous avez entendu mon mari : les jolies dames sont toujours les bienvenues à Carlton House. Et ce n'est pas pour vous flatter, mais vous êtes ravissante. Vous ressemblez d'ailleurs étonnamment à votre mère, qui était une femme exquise.

— Vous connaissiez maman ? s'exclama Shenda.

— Bien sûr ! répondit la duchesse. Mais je vous parlerai de notre rencontre plus tard.

La gouvernante les attendait à l'étage. Elle conduisit Shenda jusqu'à sa chambre. Celle-ci était très jolie. Elle lui rappela celle qu'elle avait occupée en France. Des voiles de mousseline étaient accrochés au lit à baldaquin, et de ravissants rideaux de satin rose encadraient les fenêtres.

Les valets préparèrent un bain chaud à Shenda. Elle n'avait pas pu bénéficier d'un tel confort sur le bateau, ni dans le château dans lequel ils s'étaient arrêtés pendant le voyage.

Elle profita pleinement de ce moment de détente et, sachant que rien ne la pressait, elle prit tout son temps.

Le duc de Wellington était parti à Carlton

House s'entretenir avec le Prince-Régent, et le dîner ne serait pas servi avant neuf heures et demie.

Quand le duc revint, il était extrêmement impressionné. La réception que Son Altesse Royale donnait en son honneur était gigantesque.

— Il a dépensé une fortune ! dit-il au duc et à la duchesse. Dans le jardin, il a fait réaliser une construction de 120 pieds de diamètre. Il ne m'a pas autorisé à regarder à l'intérieur avant demain soir, car il s'agit d'une surprise.

Il fit une pause avant de reprendre :

— Mais j'ai entrevu une allée qui conduisait à un temple corinthien où les convives pourront admirer mon buste en marbre placé sur une colonne !

— C'est incroyable ! dit la duchesse en riant.

— Le buste se tient devant un grand miroir gravé d'une étoile et de la lettre « W », ajouta le duc. Je me sens si confus que je me demande si je ne vais pas m'enfuir tout de suite !

Le duc plaisantait ; il ne pouvait pas faire faux bond au prince au dernier moment.

— Cette mise en scène ne m'étonne pas, remarqua la duchesse. Rien n'amuse plus Son Altesse Royale que d'organiser ce genre de célébrations. Et savez-vous ce qu'il a prévu dans les jardins ?

— Dans les jardins ? s'inquiéta le duc, sans comprendre.

— Oui, vous avez bien entendu ! Dans le parc de Saint-James, il a fait réaliser une pagode chinoise.

— Mon Dieu, tout cela pour moi ! s'exclama le duc.

— Dans Green Park, intervint le duc de Richmond, il y a une grande tapisserie de 120 pieds représentant un château gothique.

— Et dans Hyde Park, ajouta sa femme, le prince a fait monter des tentes, des échoppes, des kiosques, et un manège de chevaux de bois.

— Vous me voyez de plus en plus gêné, murmura le duc. Je ne mérite tout de même pas de telles dépenses !

— Tous les arbres sont décorés de guirlandes multicolores et les allées sont éclairées par des lanternes, continua la duchesse. L'entrée a d'ailleurs été élargie pour l'occasion.

Le duc de Wellington leva les bras au ciel.

— D'après les journaux, ajouta le duc de Richmond, cinq cents hommes y ont travaillé pendant un mois. Son Altesse tenait à ce que cette célébration soit la plus prestigieuse jamais réalisée dans le pays.

Shenda, qui écoutait avec attention, murmura timidement :

— Je pense que le Prince-Régent a tout à fait raison de vous porter ainsi aux nues. Après tout, qui d'autre que le duc de Wellington aurait pu gagner la bataille de Waterloo ?

— C'est vrai, confirma le duc de Richmond. Sans vous, Arthur, l'issue de cette guerre aurait été bien différente !

— Vous continuez à me mettre mal à l'aise, marmonna le duc.

— C'est idiot ! renchérit la duchesse. Vous n'avez pas à avoir honte d'être un héros national. Réjouissez-vous des compliments que vous recevrez, et dites-vous qu'ils sont mérités.

— Je suis sûr que Shenda me ravira la vedette ! prédit le duc de Wellington. Son Altesse est ravie de la recevoir, et impatient de la connaître. Il ne fait aucun doute qu'elle sera la plus ravissante des beautés invitées. Il m'a pourtant assuré qu'elles seraient près d'un millier.

Tous s'esclaffèrent et Shenda se sentit rougir.

Le jour suivant, le soleil était déjà bien haut lorsque Shenda s'éveilla. Elle prit son petit déjeuner, et la duchesse apporta dans sa chambre la robe promise, afin de faire le premier essayage.

Elle était un peu large à la taille, mais Shenda la trouva magnifique. En se regardant dans le miroir, elle réalisa qu'elle n'avait jamais porté de vêtement aussi joli, ni aussi onéreux.

Les Richmond devaient vivre à Bruxelles par souci d'économie, mais de toute évidence, ils ne regardaient pas à la dépense quand il s'agissait d'habiller leurs enfants.

En effet, la robe venait d'une des boutiques les plus chic de Londres. Elle était faite de dentelle et de mousseline de soie, importées bien entendu de France.

Elle soulignait à la perfection les traits et la beauté de la jeune fille. Ainsi vêtue, elle paraissait légère, aérienne, et semblait marcher sur un nuage. En outre, une couronne de roses et de lys mettait en valeur ses beaux cheveux blonds.

Le soir, en la découvrant ainsi, la duchesse eut une expression de joie, tant Shenda était resplendissante.

Elle-même était très élégante. Elle portait l'immense tiare des Richmond, couverte de diamants, un somptueux collier et des bracelets ornés de pierres précieuses.

Elle avait également prêté à Shenda une belle parure de perles.

— C'est si gentil à vous ! remercia encore la jeune fille. Quel dommage que papa ne soit plus de ce monde, il aurait été ravi que je sois conviée à Carlton House.

— Je suis sûre que vous saurez apprécier chaque instant de cette soirée, affirma la duchesse. Je suis curieuse de voir la réaction du prince lorsqu'il vous rencontrera.

Toute la journée, Shenda n'avait pu s'empêcher de penser au capitaine. Mais maintenant que l'heure de la réception à Carlton House approchait, elle ne pouvait songer à autre chose qu'à cette soirée. Elle était à la fois anxieuse et excitée d'assister à un tel événement.

D'après le duc, deux mille personnes y étaient invitées.

Elles étaient attendues à neuf heures. Le duc et la duchesse avaient l'intention de faire partie des tout premiers arrivés. Mais d'autres avaient sans doute eu la même idée, et les routes conduisant à la demeure du prince étaient encombrées. Quand ils se présentèrent enfin devant la porte d'entrée de Carlton House, de nombreux convives s'y trouvaient déjà.

Ils furent reçus par des officiers qui les conduisirent vers le jardin, où le prince les attendait. Il portait son costume de maréchal orné de ses titres de gloire britanniques, russes, prussiens et espagnols. Il était d'excellente humeur.

Il félicita le duc qu'il présenta avec un grand enthousiasme comme le héros du jour.

Son Altesse Royale fut enchantée de rencontrer Shenda. Cette dernière, impressionnée, fit la révérence au souverain. Le prince évoqua alors son père, qu'il avait bien connu, et dont il avait apprécié l'intelligence.

Ils s'avancèrent ensuite vers la construction réalisée dans le jardin, spécialement pour l'occasion. Le duc y entra, suivi par Shenda, et le duc et la duchesse de Richmond. L'intérieur était très lumineux. Des miroirs étaient accrochés aux murs et l'endroit était éclairé grâce à douze chandeliers.

Shenda découvrit alors le temple corinthien et le buste représentant le duc. Un peu plus loin, se trouvaient des tapisseries à la gloire de l'armée britannique.

La duchesse se pencha vers Shenda et lui murmura :

— Maintenant, nous devrions aller dans la tente aménagée pour le souper. On m'a dit qu'elle était faite de tentures de soie aux couleurs du régiment du duc.

Elle fit une pause, puis ajouta :

— Mais avant, je crois que je vais retourner dans la maison pour me repoudrer et poser mon écharpe. Il fait si chaud !

— Je vous accompagne, proposa Shenda en souriant. J'aurais bien trop peur de me perdre seule parmi tous ces gens.

— Cela ne m'étonne guère ! répondit la duchesse. Suivez-moi, nous retrouverons Son Altesse Royale tout à l'heure. Je crois que nous sommes à sa table !

— Est-il prévu que j'y sois également ? demanda Shenda.

— Bien sûr ! confirma la duchesse. Vous accompagnez Arthur, et la soirée est donnée en son honneur. Vous êtes donc ici plus importante qu'aucune autre !

La jeune fille emboîta le pas à la duchesse. Elle était très impressionnée de voir la fameuse décoration de Carlton House, dont elle avait tant entendu parler. Elle était spécialement curieuse de découvrir la chambre chinoise et la salle de musique.

Alors que la duchesse montait les escaliers, elle hésita un moment avant de la rejoindre. Une fois à l'étage, la jeune fille entra dans une pièce qui, songea-t-elle, ne pouvait être que la chambre chinoise.

Personne ne se trouvait à l'intérieur, excepté un homme. A l'instant où elle posa les yeux sur lui, Shenda poussa un petit cri.

C'était le capitaine !

Ils se dévisagèrent longtemps dans un silence embarrassé. Enfin, Shenda murmura :

— Vous... vous allez bien ? Co... comment avez-vous pu venir jusqu'ici ? Le voyage n'a-t-il pas été trop épuisant ?

Le capitaine s'approcha, ferma la porte derrière elle et tourna la clef.

— Je viens justement d'envoyer un domestique avertir Son Altesse Royale de ma présence, et je me demandais comment j'allais pouvoir vous trouver ! chuchota le capitaine. Comment avez-vous pu partir ainsi, sans même me dire au revoir ?

— C'est... c'est vous qui me l'avez demandé ! balbutia Shenda.

— J'étais jaloux, bêtement jaloux, que vous puissiez être la proie d'un autre homme.

— Mais... c'était une horrible méprise ! bégaya la jeune fille. J'étais venue vous demander de l'aide. J'étais transie de peur, et...

— Et comme un idiot, je vous ai mise à la porte ! coupa le capitaine. Je n'avais pas compris que je ne pouvais vivre sans vous !

Shenda lui lança un regard incrédule.

— Que... que dites-vous ? demanda-t-elle.

— J'ai besoin de vous! J'ai été bouleversé quand j'ai réalisé que vous aviez quitté la maison.

— Mais c'est vous qui me l'aviez demandé! répéta Shenda.

Il lui était très difficile de parler tant elle était émue d'avoir retrouvé le capitaine.

C'était la première fois qu'elle le voyait habillé dans un costume de soirée. Cela lui allait à merveille. Ainsi vêtu, il était d'une grande beauté, plus beau encore que dans son souvenir.

La jeune fille aurait voulu lui dire tant de choses! Mais aucun mot ne sortait de sa bouche.

— Si je vous ai demandé de partir, reprit le capitaine, c'est que j'ai eu un moment de folie, un moment d'égarement. J'étais blessé et furieux qu'un autre homme puisse vous approcher. Vous étiez à moi!

— A vous? murmura Shenda, en écarquillant les yeux.

— Pourquoi se le cacher plus longtemps, ma chérie? Vous savez que je vous aime, et vous m'avez dit que vous m'aimiez.

— Je... je vous l'ai dit? s'étonna Shenda.

Le capitaine sourit.

— Vous me l'avez dit cent fois en musique. Aussi, quand j'ai constaté que vous m'aviez quitté, j'ai cru perdre la raison.

— Mais... vous pouviez vous douter que j'étais repartie chez le duc, dit Shenda.

— C'est en effet ce que j'ai pensé. Mais je ne savais pas où il était, je n'avais pas imaginé qu'il pouvait être rentré à Londres. Quand je l'ai compris, j'ai su qu'il fallait que je rentre aussi.

— Et... le voyage n'a pas été trop dur pour vous?

— Le jeu en valait la chandelle. J'espère cependant ne jamais avoir à revivre une telle chose.

— Je... n'arrive toujours pas à... comprendre! bredouilla Shenda.

Le capitaine s'approcha d'elle et l'entoura de ses bras.

— Laissez-moi vous l'expliquer, lui susurra-t-il tandis que ses lèvres effleuraient celles de la jeune fille.

C'était la première fois que Shenda se laissait embrasser. Le capitaine resserra son étreinte. Son baiser fut d'abord doux, tendre, puis il devint plus langoureux, plus possessif.

Jamais Shenda n'avait ressenti quelque chose d'aussi délicieux, quelque chose qui venait du plus profond d'elle-même.

L'amour la transportait vers des cieux inconnus, faisant vibrer son corps en une sensation à la fois délicieuse et bouleversante.

Le capitaine la serra plus fort encore, et elle eut le sentiment de se fondre en lui, de n'être plus qu'une partie de lui.

Il redressa la tête.

— Je vous aime, ma douce, chuchota-t-il. Et vous, dites-moi ce que vous ressentez pour moi.

— Oh, je vous aime, je vous aime! soupira Shenda. Quand vous m'avez chassée, j'ai cru que j'étais perdue pour toujours, que jamais je ne vous reverrais.

— Oubliez cela! J'ai été bêtement jaloux et je me suis laissé emporter. Je ne pouvais supporter l'idée qu'un autre pose les yeux sur vous alors que je vous croyais mienne.

— Mais j'étais à vous, murmura Shenda. Et j'ai pleuré, tellement pleuré... Je pensais que vous me haïssiez.

— Ne pensez plus une telle chose ! dit le capitaine.

Au même moment, quelqu'un actionna la poignée de la porte.

Instinctivement, Shenda se dégagea de l'emprise du capitaine. Celui-ci alla ouvrir la porte. Le Prince-Régent apparut alors sur le seuil.

— J'ai appris que vous étiez là, Ivan, dit-il. Je suis ravi de vous voir !

Il jeta alors un regard vers Shenda et reprit sur un ton malicieux :

— Mais peut-être ai-je interrompu un entretien très... privé ?

— Vous ne croyez pas si bien dire ! intervint le capitaine. Je vous annonce que je souhaite épouser Mlle Shenda Linbury, que je croyais avoir perdue. Je veux désormais faire en sorte que cela n'arrive plus jamais.

— Et c'est ce qui vous pousse à lui demander sa main ! conclut le prince. Je suis heureux d'entendre une si bonne nouvelle, mon cher ami. J'ai moi aussi eu très peur de vous perdre quand j'ai appris que vous aviez été blessé à Waterloo.

— Eh bien, rassurez-vous, je suis là ; et ma blessure a été totalement guérie par la femme que j'aime. Je n'espère plus qu'une seule chose, maintenant : me marier au plus vite.

— Pourquoi pas ce soir ? demanda le Prince-Régent en lui souriant.

— Ce serait formidable ! répliqua le capitaine.

— Eh bien, laissez-moi faire ! intima le prince. L'archevêque de Canterbury est arrivé il y a une demi-heure, je pense qu'il pourra se charger de la cérémonie.

Il fit un petit clin d'œil et ajouta :

— L'imprévu est quelque chose que nous affectionnons vous et moi, n'est-ce pas, Ivan? Restez ici et verrouillez la porte jusqu'à mon retour.

Lorsqu'il eut quitté la pièce, le capitaine reprit Shenda dans ses bras.

— Pensez-vous encore que je vous hais? lui demanda-t-il.

— Je ne le crois plus, mon amour, mais... allons-nous réellement nous marier ce soir?

— En effet, le prince va faire en sorte que la cérémonie puisse avoir lieu immédiatement; cela me réjouit plus que tout au monde.

— Etes-vous sûr de m'aimer vraiment? s'enquit Shenda d'une voix tremblante.

— Ma chérie, je vous aime comme je n'ai jamais aimé auparavant. En fait, je ne savais rien de l'amour avant d'avoir entendu votre musique.

— Je jouais avec mon cœur, murmura la jeune fille.

— Je le ressentais. En vous écoutant, je découvrais mes sentiments pour vous, et j'en étais émerveillé.

— Je vous adore! Ce qui nous arrive est si merveilleux!

— Nous avons trouvé le plus beau trésor que la terre ait porté, et ce trésor s'appelle l'amour! lui susurra le capitaine.

Il l'embrassa une nouvelle fois, et ils furent tous deux parcourus d'un délicieux frisson.

Un instant plus tard, le Prince-Régent était de retour.

— Tout est arrangé! dit-il. Plus vite vous serez mariés, et plus vite je pourrai rejoindre mes invités.

Ses yeux brillaient d'un éclat particulier. Il semblait heureux que la soirée prît un tour si imprévu.

— Suivez-moi! dit-il. Nous devons à tout prix

éviter le hall d'entrée. Les invités arrivent encore, et nous perdrons du temps à les saluer.

Shenda et le capitaine le suivirent sans un mot dans un dédale de couloirs. Ils arrivèrent bientôt à la ravissante chapelle, située à l'arrière de Carlton House.

Ils y entrèrent. Devant l'autel, se tenait l'archevêque, vêtu d'une superbe soutane blanche. Au pied des marches, le duc de Wellington les attendait.

Ils s'arrêtèrent à l'entrée, et le Prince-Régent murmura :

— Arthur sera votre garçon d'honneur, Ivan. Quant à moi, je conduirai la mariée.

Le capitaine s'avança à côté du duc, et le prince offrit son bras à Shenda. Très lentement, ils avancèrent vers l'autel.

Le duc avait donné sa chevalière au capitaine. Celui-ci la passa au doigt de Shenda. Elle était un peu grande, mais cela importait peu, seule comptait la signification de ce geste : ils venaient tous deux de s'unir pour la vie. Ils s'agenouillèrent pour la bénédiction.

Tout était calme dans la chapelle. Cependant, Shenda entendait les anges chanter au-dessus de sa tête.

A la fin de la cérémonie, le prince et le duc l'embrassèrent, puis l'hôte de la soirée se pressa vers ses invités.

— J'attendais tout de cette réception ! avoua le duc. Sauf un mariage. Je suis cependant heureux qu'il ait eu lieu, et que vous vous soyez retrouvés.

— Nous passerons vous voir demain, promit le capitaine. Pour l'heure, je vais rentrer avec ma femme à la maison.

— Dieu vous protège tous les deux ! répliqua le

duc. Dommage que vous ne restiez pas pour la réception.

— C'est votre soirée, remarqua le capitaine. Elle sera un peu le reflet de ce que l'Angleterre ressent à votre égard. Quant à nous, je crois que notre place est ailleurs. Vous seul méritez les honneurs que l'on vous fait ce soir.

— Merci, Ivan, répondit le duc. Et n'oubliez pas de veiller sur ma protégée. C'est une jeune fille exceptionnelle.

— C'est bien ce que j'ai fini par comprendre, dit le capitaine. Je vous assure que je ferai en sorte de ne plus jamais la perdre.

Le duc sortit dans le jardin, et le capitaine entraîna Shenda jusque dans le hall, où les invités arrivaient encore, pressés de rejoindre les festivités.

Ils trouvèrent le fiacre du capitaine garé non loin de l'entrée. Au moment où les chevaux se mirent en route, le capitaine prit Shenda dans ses bras.

Les mots étaient inutiles. Ils s'embrassèrent avec passion et Shenda se sentit transportée près des anges qui avaient chanté durant leurs noces.

Le fiacre s'arrêta bientôt devant une maison de Belgrave Square.

— Je... je n'ai pas de chemise de nuit, s'inquiéta soudain la jeune fille.

Cette phrase ingénue fit rire le capitaine.

— Je ne crois pas que vous en ayez besoin, mon amour. Mais si vous le souhaitez, Higgins saura vous trouver quelque chose à porter pour dormir.

Ils descendirent de la voiture.

Shenda fut ravie de retrouver Higgins et Courage dans le hall. Le petit chien se précipita vers elle et elle se baissa pour le caresser.

Le capitaine se tourna vers le domestique :

— Vous pouvez me féliciter, Higgins, car non seulement j'ai retrouvé Mlle Shenda, mais en plus, nous nous sommes mariés. Ses bagages sont encore à Aspley House. En attendant de les faire venir, vous lui fournirez tout ce dont elle aura besoin.

— Vous pouvez compter sur moi, milord. Je vous présente en outre toutes mes félicitations ainsi que celles des autres domestiques de la maison. Et puis surtout, je vous souhaite beaucoup de bonheur.

Avant que le capitaine ne pût dire un mot, Higgins ajouta :

— J'ai un peu anticipé sur le succès de vos retrouvailles, milord. Et j'ai fait monter du champagne et des toasts dans le boudoir attenant à votre chambre.

Le capitaine sourit.

— Vous êtes parfait, Higgins ! D'autant plus que nous n'avons pas dîné ! Ces toasts seront les bienvenus.

Il prit Shenda par la main et l'entraîna dans les escaliers. Courage les suivit, visiblement heureux de les voir à nouveau ensemble.

Au premier étage, le capitaine ouvrit une porte. Shenda découvrit un petit salon illuminé de bougies et décoré d'une multitude de fleurs.

— Comme vous pouvez le constater, Higgins était persuadé que je vous trouverais, ce soir. Moi, j'avais peur que vous ne soyez pas présente à la réception du prince, et que je sois contraint de rentrer sans vous.

— Jamais je n'aurais imaginé une telle soirée ! soupira Shenda, rêveuse. Comment aurais-je pu penser que vous seriez à Carlton House ? Et qu'en outre, vêtue de cette robe de mariée, j'allais vous épouser.

— Vous êtes ravissante. Je vous avoue que je ne m'attendais pas à vous voir si élégante. Mais de toute façon, quelle que soit la manière dont vous êtes habillée, vous restez la personne la plus belle, la plus adorable, la plus merveilleuse qu'il m'ait été donné de rencontrer.

Il lui tendit une coupe de champagne.

— Buvons à notre santé et à notre amour! annonça-t-il en levant son verre. Deux mille personnes trinquent à la victoire du duc, ce soir, mais aucune d'entre elles n'est plus heureuse que moi.

— Je ferai tout pour qu'il en soit ainsi chaque jour, murmura Shenda. Je veux que vous soyez toujours heureux, et qu'en vivant à mes côtés, vous cessiez à tout jamais de détester les femmes.

Le capitaine sourit.

— C'est parce que vous êtes une femme que je vous aime, ma chérie.

Il l'entoura de ses bras.

— Nous avons tant de choses à faire ensemble, lui dit-il. En premier lieu, nous découvrir, l'un et l'autre.

— C'est vrai! J'ai tout à apprendre de vous. Cette maison, d'abord. Est-ce vraiment la vôtre?

Elle n'imaginait pas que le capitaine pût posséder une si grande demeure. Une maison aussi imposante ne pouvait appartenir qu'à un homme très riche.

Ivan lui répondit en souriant:

— Oui, c'est la mienne.

Shenda ouvrit de grands yeux.

— Je pensais que le duc vous avait pris sous sa protection parce que vous étiez pauvre!

— Eh bien, non. Il l'a fait uniquement parce

que j'avais été blessé, avoua Ivan. Je possède un grand domaine à la campagne. Et avant que vous me le demandiez, je vous informe que nous avons de beaux étalons que vous pourrez monter à loisir.

— Oh, Ivan, je ne peux pas le croire. Je suis sûre que c'est un rêve et que je vais me réveiller.

— Si vous rêvez, alors je rêve aussi. Mais rassurez-vous, ce que nous vivons est bien réel. Vous êtes ma femme dorénavant, et une importante lady.

Shenda le scruta d'un regard interrogateur.

— Seriez-vous par hasard un lord ? J'ai bien entendu Higgins tout à l'heure vous appeler « milord », mais j'ai pensé que c'était une manière de vous flatter.

— N'avez-vous aucune idée de mon vrai nom ? demanda Ivan.

— Vous ne vous appelez pas Ivan Worth ?

Durant un instant, le jeune homme se souvint des paroles de lady Helen : « Aucune jeune fille ne voudrait vous épouser pour autre chose que pour votre titre. »

Ivan fut soulagé que le duc de Wellington n'ait rien dit à Shenda au sujet de son titre. Ainsi, il était sûr des sentiments de la jeune fille. Elle l'avait bel et bien épousé pour lui-même.

— Ma chérie, ma merveilleuse petite épouse, murmura-t-il. Non seulement vous m'avez rendu le plus heureux des hommes, mais encore vous m'avez prouvé que les femmes ne sont pas toutes aussi mauvaises que je le croyais.

— Bien sûr qu'elles ne le sont pas ! Mais vous ne m'avez toujours pas dit si vous portiez un autre nom que celui qui était le vôtre à Paris.

— Ce n'était en fait qu'une partie de mon nom.

Je suis le marquis de Kenworth. Et de fait, ma chérie, vous êtes maintenant marquise.

Il y eut un long silence. Puis Shenda balbutia :

— C'est incroyable. Mais... pourquoi cachiez-vous votre titre ?

— J'étais déjà capitaine avant de partir pour la France, expliqua Ivan, mais je voulais me prouver que je méritais bien ce grade. J'avais été déçu par une femme, et j'avais besoin de savoir ce que je valais réellement. Quand j'ai rejoint le duc de Wellington, je lui ai demandé de m'engager comme simple lieutenant. Et c'est au combat que j'ai de nouveau gagné mes galons de capitaine. Je peux en être fier. Et la suite... vous la connaissez.

— Vous avez été blessé, puis sauvé grâce au *Maidenhair* ! répondit Shenda. Je vous en prie, mon chéri, faites-en planter un dans notre jardin. Ainsi, il pourra soigner d'autres personnes.

— C'est un arbre d'amour, décréta le marquis. Et j'en ferai pousser cent si vous le désirez.

Il était l'homme le plus heureux du monde. Non seulement Shenda l'aimait d'un amour pur et sincère, mais en outre elle ne cherchait qu'à faire le bien. Plutôt que de penser à son titre de marquise, elle cherchait déjà à soulager d'autres gens.

« Elle est parfaite ! se dit-il. Elle est la femme dont je rêvais. »

Plus tard, dans la nuit, Shenda posa sa joue contre l'épaule de son mari :

— L'amour est une chose merveilleuse.

— J'ai trouvé cela tellement différent de ce à quoi je m'attendais, ajouta le marquis.

— Vous... vous n'avez pas été trop déçu ? s'inquiéta Shenda.

— Comment pourrais-je l'être ? Nous sommes montés au ciel ensemble, et j'ai entendu les étoiles jouer de la musique pour nous.

— J'ai ressenti exactement la même chose ! s'exclama Shenda. Oh mon amour, quel bonheur, quelle chance nous avons ! Dire que si le duc ne m'avait pas envoyée pour vous soigner, nous ne nous serions peut-être jamais rencontrés !

— Il est notre ange gardien, répliqua le marquis. Mais je suis certain que, de toute manière, nous nous serions connus à un autre moment. Nous étions faits l'un pour l'autre. Sans vous, j'aurais été un homme perdu, désillusionné, dégoûté des femmes.

— Tout ce que je veux aujourd'hui, c'est faire votre bonheur. Je vous aime tant que rien d'autre ne pourra, à l'avenir, me détourner de vous. Vous serez toujours présent près de moi, même dans mes rêves.

Le marquis la serra contre lui.

— Je vous aime, je vous adore, car votre âme est pure. Nous allons planter un *Maidenhair* pour faire le bien autour de nous, pour rendre les gens aussi heureux que je le suis aujourd'hui.

Shenda se blottit contre lui.

— Je vous aime, dit-elle, et j'espère que je ne vous décevrai jamais.

— Pour moi, vous serez toujours merveilleuse ! répliqua le marquis. Et notre amour ne fera que grandir au fil des ans.

— Ces paroles sont si douces à mon oreille... Mais vous devrez m'enseigner les choses de l'amour car comme vous avez pu le constater, j'ignore tout de ce domaine.

— Je n'ai rien à vous apprendre. Vous avez su me rendre heureux, ma chérie, par la sincérité de vos sentiments. Rien de mieux ne pouvait nous arriver que cette rencontre.

— Oh, je vous en prie, dites-moi que ce n'est pas un rêve...

Le marquis lui sourit tendrement, puis il l'embrassa en l'entourant de ses bras.

Une nouvelle fois Shenda se sentit transportée très loin dans les étoiles. Ensemble, ils eurent soudain la certitude que leur amour ne durerait pas toute la vie, mais toute l'éternité.

Barbara Cartland

Découvrez, sans plus attendre, les autres romans de Barbara Cartland, la reine incontestée du roman sentimental. Voici la liste de ses romans actuellement disponibles.

Que notre bonheur dure
N° 1204 Cat. 2

La belle et le léopard
N° 1215 Cat. 2

Les deux cousines
N° 1384 Cat. 3

L'étoile filante
N° 1521 Cat. 1

Le marquis
et la gouvernante
N° 1682 Cat. 1

Le chemin de l'amour
N° 2318 Cat. 2

Le château du bonheur
N° 2515 Cat. 2

Le prince russe
N° 2589 Cat. 2

La sirène de Monte-Carlo
N° 2648 Cat. 2

La course à l'amour
N° 2903 Cat. 2

Sous le soleil de Grèce
N° 3775 Cat. 2

Les sortilèges du cœur
N° 3809 Cat. 2

Pour l'amour
d'un chevalier
N° 3841 Cat. 2

Trahison !
N° 3884 Cat. 2

La beauté trahie
N° 3986 Cat. 2

Un baiser dans le désert
N° 3997 Cat. 2

Un cœur hanté
N° 4009 Cat. 2

L'éternité de l'amour
N° 4017 Cat. 2

Sous le ciel de Bahreïn
N° 4071 Cat. 2

Passeport
pour le bonheur
N° 4315 Cat. 2

Innocente imposture
N° 4316 Cat. 2

Une infinie patience
N° 4336 Cat. 2

Cœurs rebelles
N° 4368 Cat. 2

Un mariage dangereux
N° 4369 Cat. 2

Tous les parfums
des Indes
N° 4394 Cat. 2

Ravissante Cléopâtre
N° 4395 Cat. 2

Fuite vers l'amour
N° 4419 Cat. 2

Un si gros mensonge
N° 4420 Cat. 2

Un mariage de raison
N° 4446 Cat. 2

Cœurs à l'unisson
N° 4447 Cat. 2

L'incomparable Irina
N° 4473 Cat. 2

Héritage écossais
N° 4474 Cat. 2

Une punition royale
N° 4501 Cat. 2

Le secret de la princesse
N° 4502 Cat. 2

Princesse fugitive
N° 4545 Cat. 2

La petite brodeuse
N° 4546 Cat. 2

Trois jours pour aimer
N° 4559 Cat. 2

Quand vient l'amour
N° 4581 Cat. 2

Une blonde inconnue
N° 4582 Cat. 2

Rendez-vous à Calcutta
N° 4603 Cat. 2

Un voyage enchanteur
N° 4604 Cat. 2

Beau omme Apollon
N° 4632 Cat. 2

L'inconnu du petit bois
N° 4633 Cat. 2

Idylle en Ecosse
N° 4666 Cat. 2

Echange de cœurs
N° 4717 Cat. 2

Lune de miel au Népal
N° 4718 Cat. 2

Le domaine de l'amour
N° 4762 Cat. 2

Passions orientales
N° 4763 Cat. 2

Un mariage sans amour
N° 4779 Cat. 2

L'amour ou la fortune
N° 4780 Cat. 2

La guerre des cœurs
N° 4813 Cat. 2

Complot amoureux
N° 4814 Cat. 2

L'ange et le marquis
N° 4846 Cat. 2

Symphonie berlinoise
N° 4877 Cat. 2

2 ROMANS RÉUNIS EN UN VOLUME (27 FRANCS)

Un amour en danger,
suivi de :
La princesse oubliée
N° 4693 Cat. 3

Un amour sans fortune,
suivi de :
Les illusions du cœur
N° 4694 Cat. 3

5074

Composition Interligne B-Liège
Achevé d'imprimer en Europe (France)
par Brodard et Taupin à La Flèche (Sarthe)
le 29 décembre 1998. 1668V-5
Dépôt légal décembre 1998. ISBN 2-290-05074-1
Éditions J'ai lu
84, rue de Grenelle, 75007 Paris
Diffusion France et étranger: Flammarion